hanser**blau**

AKIZ

DER HUND

ROMAN

hanserblau

Danke an Roberto dafür, mir die Pforten zur Welt der Köche geöffnet zu haben, an Sina, mich überzeugt zu haben, den Roman zu schreiben, an die Köche Romanov und Flügge, an Karin, das Manuskript in die Hände der richtigen Leute gegeben zu haben, und an Ulrike und Anna, dass sie die richtigen Leute waren.

1. Auflage 2020

ISBN 978-3-446-26599-8

Umschlag: ZERO Werbeagentur, München
Motive: © Peter Horree / Alamy Stock Foto
Satz im Verlag
Druck und Bindung: CPI books GmbH, Leck
Printed in Germany

FSC
www.fsc.org
MIX
Papier aus verantwortungsvollen Quellen
FSC® C083411

1

WIR NANNTEN ihn den Hund. Ich glaube, Vaslav hatte ihm den Namen gegeben. Keine Ahnung, aber ich glaube, Vaslav hatte damit angefangen.

»Hund. Hier. Sauber machen«, so in der Art. Jedenfalls dauerte es nicht lange, bis der Junge auf den Namen »Hund« hörte und aufblickte, wenn man ihn so rief.

Für uns alle war der Hund ein Rätsel. Wie eine Sphinx. Eine Sphinx mit kleinen Augen, klein wie Stecknadeln, als ob sich giftiger, blauschwarzer Strom hinter seinen Pupillen angestaut hätte, und lange Haare zankten sich auf seinem Kopf. Sein Gesicht wirkte fiebrig, gierig und triebgesteuert, fast schon pervers, aber irgendwie auch wie von einer filigranen Statue aus einer anderen Zeit. Mehr als einmal habe ich Frauen gesehen, die knallrote Flecken im Gesicht bekamen, während sie den Hund heimlich anstarrten, wenn er nicht so abartig und wortkarg gewesen wäre, dann hätte er sie alle haben können.

Man erzählte sich, dass er während seiner ganzen Kindheit eingesperrt gewesen war, in einem dunklen Erdloch, irgendwo im Kosovo, ob das stimmt, weiß ich nicht. Angeblich wurde er unter einer Luke gefangen gehalten und sah in dieser Zeit keine Menschenseele. Und keinen einzigen Lichtstrahl. Nur absolute, rabenschwarze Stille. Jahrelang. Seine einzige Verbindung zur Außenwelt war das Essen. Das wurde ihm täglich durch eine Luke geschoben. Einfache Kost, lieblos zusammengeklatschte Essensreste. Meistens Brot. Bohnen. Kartoffeln. Manchmal Fleischreste vom Huhn.

Nach und nach müssen sich seine Geschmacksnerven in dieser Isolation wie der Tastsinn eines Blinden entwickelt haben, irgendwann konnte er im Essen lesen wie andere Menschen in einer Zeitung. Angeblich konnte er schmecken, ob die Kartoffeln in der Nähe einer Autobahn geerntet wurden oder ob das Fleisch von einem Tier stammte, das schmerzlos oder qualvoll hingerichtet wurde. Oder wer das Essen gekocht hatte. Ob es ein Mann oder eine Frau war. Ob sie sich vorher die Hände gewaschen hatte, ob sie ihre Tage oder vor Kurzem noch Sex gehabt hatte. Er musste die Kartoffelfelder im trüben Herbstlicht wie Bilder auf der Zunge gesehen haben. Die schwitzenden Titten der Frau hinter dem Herd und die nikotingelben Achseln der Gabelstaplerfahrer in den Großlagerhallen.

Wie er in die Stadt kam, war nicht aus ihm herauszubekommen, aber jemand hatte einmal behauptet, dass der Hund vor ein paar Jahren als blinder Passagier auf der Ladefläche eines polnischen Lkws angekommen war. Angeblich hatte er nicht mehr dabeigehabt als eine gelbe Plastiktüte, in die er sein ganzes Hab und Gut gestopft hatte, und wenn die Gerüchte stimmen, dann stammt die Narbe auf seinem Kopf vom Baseballschläger des Lkw-Fahrers, der ihn dabei entdeckt hatte, wie er unter der Plane des Lkws hervorgekrochen kam.

Als ich ihn kennenlernte, muss er gerade mal zwanzig Jahre alt gewesen sein, so gut wie nie kamen Worte aus seinem Mund, und wenn, dann nur kurze, marode Sätze. Er sah den Menschen nicht ins Gesicht, sondern immer unter das Kinn, auf den Kehlkopf, irgendwo zwischen Hals und Mund, nur wenn ihn etwas überraschte, dann blickte er einem in die Augen, starr, entsetzt, nur für Bruchteile einer Sekunde, wie ein zu Tode erschrecktes Tier. Der Hund war ein Genie. Und er war mein Bruder.

Als ich ihn das erste Mal sah, lag der Winter bereits lange hinter uns und die ersten warmen Nächte im Jahr fingen an, die Trostlosigkeit der kalten Stadt wie Tauwetter zu schmelzen, die Presslufthämmer auf den Baustellen klangen wieder lieblicher, und das Kreischen der Bahngleise war nicht mehr so brutal wie noch um Neujahr herum. Die letzten Weihnachtsdekorationen wurden aus den Bäumen entlang der Boulevards gerissen, und eines Nachts, kurz bevor ein neuer Tag anbrach, stand er plötzlich direkt vor mir in der Unterführung gegenüber vom Imbiss.

Seine Hände steckten in den Taschen einer fettigen Bomberjacke, und er starrte zu mir herüber. Abwesend. Wortlos, als ob er Witterung aufgenommen hätte.

Aufgedonnerte, zugekokste Russinnen, die ihr verlaufenes Make-up vor dem Tageslicht in Sicherheit bringen wollten, breit grinsende, wie Kriegsheimkehrer nach Hause schleichende, spanische Backpacker auf Ecstasy und hysterische Busreisende musterten ihn neugierig. Wie Müll und Treibgut wurden sie im Gedränge rechts und links an ihm vorbeigespült, und auch die Zombies in ihren nach süßlichem Heroin und Pisse stinkenden Schlafsäcken am Straßenrand vor dem Spätkauf verfolgten ihn mit nervösen Blicken.

Ich arbeitete damals seit fast einem Jahr bei Vaslav. Bis vor Kurzem war das hier noch ein China-Imbiss gewesen. Jetzt vertickten wir Döner, Börek und Köfte. Ab Einbruch der Dunkelheit plärrten russische Pop-Hits aus den Boxen über der Kasse. Vaslav drehte so laut auf, dass die müden und tauben Partygänger von der Musik wie von einem Leuchtfeuer angezogen wurden, wie Fliegen von der Scheiße, die gar nicht anders konnten, als einen letzten Zwischenstopp einzulegen, bevor sie nach Hause krochen, um endlich hinter ihrer Türschwelle mit rot geränderten Augen und Ayranflecken auf der Hose zusammenzubrechen.

Vaslav rief den Hund zu uns und bot ihm einen Döner an. Dafür sollte er das verkrustete Auffangbecken unter dem Grill sauber schrubben. Das war eigentlich mein Job, aber ich musste los, die tiefgefrorenen Pommes aus Vaslavs Kofferraum holen. Offensichtlich war der Hund so hungrig, dass er stumm nickte und die Bürste in die Hand nahm und loslegte. Von da an kam er jeden Tag. Vaslav ließ ihn den Boden wischen, die Bratfettkästen abschmieren und die Hundescheiße aus den Reifen seiner alten S-Klasse kratzen. Vaslav war ein mieser Typ. Fette rote Adern, speckig wie nasse Regenwürmer und breit wie Unterarme, blähten sich an seinem Hals und wurden von einem engen schwarzen Rollkragenpullover abgeschnürt, wenn er brüllte. Vaslav brüllte eigentlich immer. Seine Haare waren kurz wie beim Militär. Hinterkopf hatte er keinen. Wenn der Teufel auf einen Haufen scheißt, dann richtig, und bei Vaslav hatte er Durchfall gehabt. Der Hund ließ alles über sich ergehen. Selbst als Vaslav ihn anspuckte, wischte er nicht einmal den Rotz vom Rücken seiner Bomberjacke, sondern kratzte weiter die braungelbe Soße aus den Plastikeimern, als würde er stoisch und schweigend abwarten, bis seine Zeit gekommen war.

Schräg gegenüber, auf der anderen Straßenseite, wurde in diesem Frühjahr das El Cion wiedereröffnet. Die Gerüchte kursierten schon lange, dass der alte Inhaber gefeuert, der Laden seit letztem Sommer fertig renoviert und Valentino als Chefkoch zurück im Ring war. Zwei Jahre lang war er im Knast gewesen, angeblich hatte er einem Gast die Vorderzähne ausgeschlagen, weil der sein Essen mehrmals zurückgegeben hatte. Im Netz kursierte damals ein Video, auf dem ein Mann auf dem Boden lag, seine Oberlippe war dick und aufgeplatzt wie eine Bratwurst, und er fischte mit zitternden Händen auf dem Boden nach seinen Zähnen. Im Hintergrund stand ein Typ in Kochuniform, von hinten sah er Valentino wirklich ähnlich, und jemand zupfte an seinem Ärmel und versuchte, ihn wie ein entlaufenes Nashorn zurück in die Küche zu locken.

Valentino war ein Todesstoß für die blutleeren und verkrampften Laborversuche der Molekulargastronomie und der verstaubten, reaktionären mediterranen Küche. Er war ein Flächenbrand für den Geschmack, ein Frontalunfall der Sinne seiner Gäste, man musste hinschauen und die Zähne hineinschlagen, ob man wollte oder nicht. Nach dem ersten Biss drehte man die Augen nach oben, bis das Weiße sichtbar wurde, und wenn das obszöne Ragout oder die absurd überteuerte Fasanenbrust den Hals hinunterrutschte, grunzte man, und man stöhnte, und man seufzte, und man bekam wehmütige Augen, man holte tief Luft, während der Geschmack im Mund mit voller Lautstärke dröhnte, als wäre man gerade in seiner Hose gekommen, und dann lächelte man verklärt, und man schüttelte leicht den Kopf und fragte sich, wie so ein Geschmack von Menschenhand geschaffen werden könne. Man war sich einig, dass sich Valentino mal wieder selbst übertroffen habe und dass man es kaum glauben könne, und ja, die Gerüchte über ihn würden stimmen, man kenne jemanden, der habe Valentino mal persönlich getroffen, und es gäbe da noch ganz andere Geschichten, aber nicht jetzt, nein, bitte, man möchte nicht darüber reden, aber ob man denn schon mal seinen Lachs mit Orangen-Meerrettich-Soße gekostet habe, der sei legendär, nein wirklich.

Junge Köche aus aller Welt versuchten Valentino zu imitieren. Ein New Yorker Koch in Europa, der in den Staaten keine Chance hätte, keiften seine Feinde. Einer, für den Prominente jede Form der Demütigung über sich ergehen lassen würden, um einen Tisch zu ergattern, flüsterten seine Jünger, und man erzählte sich, dass in Valentinos Keller Weine für knapp vierhunderttausend Euro lagerten.

Das einzige Restaurant, das es mit der kaltschnäuzigen, brachialen und eleganten Wucht des El Cion aufnehmen konnte, war das Gaspar. Als Valentino im Knast saß, kam das Gaspar aus seiner Deckung gekrochen, hatte sich auf Valentinos Thron gedrängt und sich mit eiserner Wut daran festgebissen. Die Brigaden dieser beiden Restaurants waren bis aufs Blut verfeindet, und es gibt Köche, die behaupten, dass dieser Gast, dem jetzt die Vorderzähne fehlten und der das Essen dreimal zurückgehen ließ, dass dieser Typ in Wirklichkeit ein Koch aus dem Gaspar gewesen war, der von seinem Chef geschickt und dafür bezahlt wurde, Valentino so lange auf den Sack zu gehen, bis er platzte wie eine Silvesterrakete.

Der eigentliche Grund für den Streit zwischen Gaspar und Valentino lag aber noch länger zurück. Vor einigen Jahren hatte es Valentino über verschiedene Kanäle und Mittelsmänner geschafft, an wirklich exklusives Salz von tibetanischen Mönchen aus einem Bergwerk im Himalaja heranzukommen. Unechtes Himalajasalz gab es wie Sand am Meer. Aber fast alle kamen aus Pakistan. Aus Khewra. Manche sogar aus Polen. Alles Mist. Dieses Salz, das kam aus einem winzigen Bergwerk am Khardong-Pass. Man sagte, der Geschmack sei unbeschreiblich, hellblau, fast schon türkis, zerfalle es auf der Zunge wie Schnee. Die Mönche nannten es »Atem der Götter«. Einmal im Jahr wurde es von Kindern mit winzigen Löffeln aus dem Fels geschabt. Löffel so klein wie Daumennägel. Dann wurde es von den Ältesten des Dorfes für ein Jahr auf dem Berg in der frischen, dünnen, steinigen Luft unter staubtrockener Bergsonne gelagert. Das Salz wurde nur zu zeremoniellen Ritualen verwendet. Eigentlich war es tabu.

So weit, so gut. Jedenfalls wurde Valentino von heute auf morgen nicht mehr beliefert. Angeblich hatte Gaspar dafür gesorgt, dass die Mönche im Himalaja davon erfuhren, wie Valentino drauf war. Dass er es mit den buddhistischen Werten nicht so genau nehme, sondern kokse wie ein Staubsauger, Gäste verprügle, und dass er ein schlechter Mensch sei, der einen heiligen tibetanischen Adler, ohne mit der Wimper zu zucken, zu Wurst verarbeiten würde. Seitdem war das Gaspar das einzige Restaurant in der Stadt, in dem man dieses Salz serviert bekam. Ich glaube sogar, das einzige im Land – wenn nicht in ganz Europa. Und seitdem herrschte Krieg. Seitdem floss lauwarmes, rotes, schmieriges Blut zwischen dem El Cion und dem Gaspar, und jetzt kursierten in der Szene Gerüchte, dass Valentino dem ganzen Stress in der Küche nicht mehr länger gewachsen war, dass er selber tief im Innersten spürte, dass seine Zeit gekommen war und dass er die Wochentage nur noch auseinanderhalten könne, wenn er die Beschriftung auf den Fächern seiner Pillendose lesen würde. Das El Cion, das habe den Zenit längst überschritten, damals in den Nullerjahren, ja, das seien noch Zeiten gewesen, da hatte das El Cion noch zur Avantgarde gehört. Aber ob Valentino heute, nach der Wiedereröffnung, noch an seinen alten, radikalen Stil anknüpfen könne, das bezweifle man schwer, Valentino sei alt geworden, ob man denn mal Bilder von ihm im Netz gesehen habe, wie er jetzt aussehe, dem hätten die letzten Jahre zugesetzt, ja genau, der hier links oben, der Typ mit dem irren Blick im Blitzlicht, das sei er, so murmelte man sich mit vorgehaltener Hand ins Ohr.

Und tatsächlich, die Zeit war weitergeflossen. Niemand hatte Valentino eine Strickleiter heruntergelassen, damit er wieder an Bord klettern konnte, die Karawane war weitergezogen, die Gerüchte und Geschichten über ihn fingen an, sich zu wiederholen, man war durstig nach etwas Neuem.

Aber seit ein paar Wochen war Valentino auf freiem Fuß, und jetzt stand er wieder hinter dem Herd. Flankiert wurde er von Lily, seiner Souschefin, sie war dreißig und sah aus wie fünfzig. Ein Ex-Junkie mit platinblonden Haaren und nikotingelben Augäpfeln. In ihrem früheren Leben war sie ein Pitbull gewesen, dafür gab es Beweise. Lily hieß eigentlich Ulrike, aber man durfte sie nur Lily nennen. Zwischen ihren Augen, dort wo Charles Manson die Swastika trug, dort hatte sie ein Kreuz tätowiert. Lily war hart unterwegs. Nach einer wüsten Nacht, das muss schon ein paar Jahre her sein, da hatte sie eine Offenbarung gehabt, Maria war ihr erschienen, splitterfasernackt und mit einer Kriegsbemalung im Gesicht, als würde sie anschaffen gehen, Lily lag damals wegen einer Überdosis auf der Intensivstation, verkabelt wie eine Marionette. Maria blickte ihr in die Augen und berührte sie so sanft, wie Lily noch nie im Leben berührt worden war, und dann gurrte sie ihr ins Ohr, dass Lily ihre Tochter sei, dass sie endlich mit der Scheiße aufhören solle und dass ihre beiden Eltern Totalversager seien, vor allen Dingen ihr verkommener Vater, der wäre eine komplette Null, und außerdem heiße sie nicht Ulrike, sondern Lily und von nun an müsse sie der Versuchung widerstehen und aufhören, Müll in sich reinzupumpen, und der Teufel, der hätte Tausende von Gesichtern, und er würde überall lauern, und sie solle aufpassen, dass er sie nicht um den Finger wickeln würde. Dann löste sich Maria in der blassen Frühlingsluft der Station auf, die Fenster waren offen, von draußen konnte man den Lärm einer Baustelle hören und Kinder auf dem Weg zur Schule, es war früher Morgen, die Türe öffnete sich, und die Schwester kam herein, ob sie gut geschlafen habe, ja, das habe sie, aber sie heiße nicht Ulrike, sondern Lily, und das Schild da vorne an der Stirnseite des Bettes, da könne man gleich mal den Namen ändern.

Von diesem Tag an war Lily straight edge, und damit keine Missverständnisse auftauchten, ritzte sie sich das Kreuz der Edger mit einem Filetiermesser direkt in den Handrücken. Sie trank nicht, sie kokste nicht, sie rauchte nicht einmal einen Joint und auch keine Zigaretten, ob sie Sex hatte, das wusste keiner, jedenfalls stand sie nicht auf Jungs, daraus machte sie kein Geheimnis. Sie bekreuzigte sich täglich mehrmals. Vor der Arbeit und nach der Arbeit verschwand sie aufs Klo, kniete nieder und betete und bedankte sich bei der Heiligen Mutter, es war der einzige Ort, an dem sie mit ihr alleine Zwiesprache halten konnte. Dass sie auf Augenhöhe mit der Pisse und Scheiße der Kellnerinnen war, nahm sie gar nicht wahr.

Dafür hatte sie ganz entschieden etwas gegen alle Formen und Ausgeburten des Satanismus, und die ganzen Lieferanten und Spüler mit ihren langen Haaren und den Gothic Tattoos hatten nicht wirklich etwas zu lachen, wenn Lily auftauchte.

Lily war dem Tod knapp von der Schippe gesprungen, und im El Cion hatte sie zum ersten Mal in ihrem Leben ein Heim gefunden. Valentino war gut zu ihr, man respektierte sie und schätzte ihre Härte, es kam nie ein angetrunkener Onkel zur Türe herein und zog ihr die Bettdecke weg, stattdessen konnte sie den Jungs eins mit dem Kochlöffel überbraten, sooft sie wollte, sie musste nur darauf achten, dass sie niemanden arbeitsunfähig schlug oder ernsthaft verkrüppelte. Die Küche war Lilys Reich, es war ihre Heimat, ihr Ein und Alles, ihre Vergangenheit und ihre Zukunft, sie hütete das El Cion wie ihr Augenlicht, niemand sollte ihrem Reich etwas zuleide tun, Amen. Dann wischte sie die Tränen aus ihren Augen, zog die Klospülung und trat wieder in den Ring.

Lily hasste Ausländer und Männer und alles, was einen Schwanz hatte, und Juden und Moslems, aber sie war kein schlechter Mensch, sie war einfach nur immer schlecht drauf, und es gab Köche in ihrer Brigade, die hatten Angst, von ihr gebissen zu werden.

Valentino war der Kopf und die Eier des El Cion, aber Lily war das Herz. Ein Herz, kalt wie eine Kanüle aus medizinischem Stahl und hart wie der Betonboden einer Folterkammer. Valentino war komplett von ihr abhängig, sie regierte die Meute wie eine Galeere, wenn Valentino an einer Überdosis gestorben wäre, hätte sie den Laden Tage, vielleicht sogar Wochen weiterführen können, ohne dass jemand da draußen, auf der anderen Seite des Passes, im Speisesaal, dort, wo man unsere Schreie nicht hören konnte – ohne dass dort jemand gemerkt hätte, dass Lily den Laden alleine schmiss. Aber wäre Lily nur einen Tag ausgefallen, das El Cion hätte stillgestanden. Valentino hätte wild um sich geschlagen, es hätte Verletzte gegeben und Tränen, und nichts wäre mehr gelaufen. Im Speisesaal wäre gefragt worden, wo denn der Thunfischtartar bliebe und warum das heute denn so lange dauern würde, und jetzt würde man selbst mal nachschauen, so gehe das aber nicht, und wenn man einen Blick durch den Pass in die Höhle des Löwen gewagt hätte, dann wäre da Valentino gewesen, mit furiosem Blick in der Mitte des Raumes. In seinen Händen eine gusseiserne Bratpfanne, die Arme blutig bis zu den Ellenbogen, beide Hände an den Griffen wie bei einer Doppelaxt, und die Köche hätten sich unter den Küchenzeilen versteckt, und manche hätten todesmutig versucht, auf allen vieren aus der Gefahrenzone zu kommen. Die Gäste hätten verstanden, dass es mit dem Thunfischtartar heute nichts mehr werden würde, und man wäre gegangen, und am nächsten Tag hätte es in der Zeitung gestanden, man hätte es ja schon längst geahnt, Valentino sei überfordert, sein Erbe zöge ihn hinab wie ein Mühlstein, seine Zeit sei vorbei, aber es gebe da ein neues Restaurant, unscheinbar und hinterlistig hätte es neben dem Hauptbahnhof letzte Woche seine Pforten geöffnet, da solle man mal vorbeischauen, man habe schon viel davon gehört, George Clooney sei dort anscheinend bereits zu Gast gewesen.

Einen aus der Brigade des El Cion kannte ich persönlich. Said. Er war damals Ende zwanzig. Commis de Cuisine. Maghreb. Ab und zu kaufte er Koks, Ritalin oder anderen Combat-Awareness-Scheiß von mir. Je nachdem, an was ich gerade rankam. Ich hätte ihn eigentlich schon längst anrufen sollen, aber mein Lieferant ging seit Wochen nicht mehr ans Telefon. Ich machte so was eigentlich nicht mehr, aber Said war ein Kollege, den konnte ich nicht hängen lassen. Außerdem war er schon damals, vor der Schließung des El Cion, Teil der Brigade gewesen und wenn die Gerüchte stimmten, dann war er auch jetzt, nach der Neueröffnung, wieder mit an Bord. Das war schon was. Solche Kontakte musste man pflegen.

Den ganzen Abend waren Limos vorgefahren, aus denen Frauen ausstiegen, die wie Königinnen in den Tempel schritten oder wie hochgezüchtete Rennpferde in die Arena geführt wurden. Ihre Duftfahnen wehten bis zu uns herüber. Die Männer an ihrer Seite zerplatzten vor Stolz und glänzten in ihren Anzügen wie die Aale. Alles drängelte sich vor dem El Cion, die ganze Stadt stand kopf, alle waren gut drauf.

Bei uns vor dem Imbiss war weit und breit keine Kundschaft zu sehen. Es war ein milder Abend. Heißes Wetter stand vor der Tür. Am Horizont knurrten hungrige Gewitter bösartig aus der Ferne, und der Hund stand hinter der Theke und kratzte wie ein Chirurg die Rinde von einem trockenen Brötchen herunter. Ich ließ ihn machen. Vaslav war an diesem Tag kein einziges Mal aufgetaucht, wir waren praktisch alleine. Der Hund kokelte die Krümel in der Pfanne an und beugte sich tief herunter und zog die Zungen des aufsteigendem Rauchs in seine Lungen wie Crack. Ich rauchte eine Zigarette und starrte auf die andere Straßenseite. Wenn die Ampeln rot waren und der Verkehr vor dem Imbiss zum Stehen kam, konnte man das Gebrüll der Fotografen und die hysterisch kreischenden, ins Restaurant drängenden Gäste wie eine entfernte Brandung bis zu uns in den Imbiss hören.

An diesem Abend sah ich sie zum ersten Mal. Sie stieg mit ihrer

Freundin vor dem El Cion aus einem Taxi. Sie hatte den Glanz der Models aus den Achtzigern, weißblonde Haare, von Ratten zerfressen, aus ihren kohlrabenschwarz geschminkten Augen quoll vulgäres Selbstbewusstsein, ihre Beine waren lang und unnahbar und dekadent, wenn man länger hinsah, brannten einem die Augen. Während ein Typ im Maßanzug neben ihr das Taxi bezahlte, steuerten sie und ihre Freundin auf den mit Fackeln gesäumten Eingang zu. Die Dame am Empfang begrüßte sie, als hätte sie ihr Leben lang auf nichts anderes gewartet. Kurz bevor sie vom El Cion verschlungen wurde, drehte sie sich noch einmal um und blickte zu uns herüber, man hätte meinen können, sie hätte einen Ruf gehört, und mir blieb das Herz stehen. Alisha sah verboten aus und unwirklich schön, wie in einer kristallenen, fiebrigen Sommernacht, irgendwo in einem tropischen Hafen.

»Siehst du die? Die schaut hier rüber! Die schaut mich an! Siehst du das?«

Der Hund hörte mir nicht zu. Er nutzte die wenigen Sekunden, in denen er unbeobachtet hinter der Theke machen konnte, was er wollte, dann fiel die Tür hinter Alisha zu, lautlos wie ein Tresor.

Der Hund hatte eine meiner Zigaretten zerbröselt, den Tabak in der Pfanne angebraten und das Ganze zusammen mit den halb verbrannten und in Wodka getränkten Brotkrümeln auf seine seltsame Kreation gestreut.

Ich pfiff ihn an, ob er behindert sei, und ärgerte mich, dass ich ihn schon viel zu lange aus den Augen gelassen hatte, mit leerem Blick starrte er auf meinen Kehlkopf.

Ich erinnere mich nicht mehr daran, warum ich damals von seinem merkwürdigen Gericht kostete, ich hab's vergessen, es war nicht so, dass ich Hunger hatte oder dass mich der Geschmack von angebrannten Tabakkrümeln interessiert hätte.

Aber ich erinnere mich an den ersten Biss und daran, dass in diesem Moment, in dieser einen Sekunde, mein Leben abbog, durch die Leitplanke krachte und in den freien Fall ging. Nicht nur mein Leben. Das Leben von allen, die damals mit dem Hund zu tun hatten.

Die Zeit blieb stehen, wie bei einem Unfall. Die Tauben standen reglos in der Luft, als wären sie in Kunstharz gegossen. Der Lärm der Straße war kaum noch zu hören und verstummte schließlich ganz. Nur die Heizdrähte im Grill knackten leise. Das Rauschen der Gasflammen auf dem Herd. Das Sirren der Straßenbeleuchtung. Das Klirren der Krümel, die auf den Boden fielen. Wirre Gedanken setzten sich auf das Fensterbrett meiner Seele und zwinkerten mir zu, fremde und unheimliche Bilder tauchten in meinem Kopf auf, dann zündeten die Geschmacksnerven auf meiner Zunge. Die Hormone schossen lautlos wie aufschäumende Brause in mein Blut. Von dort ins Hirn. Meine Synapsen warfen schillernde Blasen wie silbriges Kerosin. Friedliche, lähmende, morphiumartige Stille legte sich auf meine Seele. Leise sprach das Rauschen von vergangenen Gefühlen und Gedanken. Ich musste die Augen geschlossen haben, denn um mich herum war es finster, und ich sah irre, fiebrige, nächtlich bunte Träume. Ich stand in der Dunkelheit, an eine Wand gedrängt, nur schemenhaft konnte ich mein Gesicht erkennen, zuckendes, flackerndes, schwarz-goldenes Licht hüpfte auf meiner Haut und glänzte in meinen aufgerissenen Augen. Ich sah fremd aus, meine Gesichtszüge waren frisch und neu, ich war in Weiß gekleidet, ganz in Weiß, kalkweiß wie Kreide, weißer Kragen, weiße Knöpfe, meine Haare waren kurz, gefährlich sah ich aus, verwegen und gefährlich, und dann sah ich sie an einem endlos langen Esstisch sitzen, und der Anblick ließ einen Riss durch meine Seele gehen.

Furchtbar, allmächtig und unheilbar verstörend sahen sie aus.

Ganz langsam, wie ein leises Zwitschern aus weiter Ferne kam die Nacht zurück, der Imbiss, der Asphalt, die murmelnde Brandung des Verkehrs und der Blick auf das El Cion wie alte, längst vergessene Bekannte.

Ich roch wieder die Luft der Straße. Die Abgase. Das Fett aus der Fritteuse. Ich war wieder zu Hause. Am schwarzen Himmel waren dunkelgrüne Wolken aufgezogen, und golden flackerte die Stadt.

Es war gegen Mitternacht, die Paparazzi vor dem El Cion packten langsam ein, und ich starrte den Hund an, wie er die Reste seines Gerichts in den Müll kippte, der berauschende Geschmack der Freiheit lag nur noch wie ein dünner Belag auf meiner Zunge.

Ob er mal in einer Küche gearbeitet hätte, fragte ich ihn, aber der Hund antwortete nicht, was sowohl Ja als auch Nein bedeuten konnte. Ob er wisse, was ein Saucier sei, ein Rotisseur, ein Commis oder ein Gardemanger, bohrte ich weiter, aber der Hund zuckte nur vage mit den Schultern, aus ihm war keine Antwort herauszubekommen, ich wusste nicht, ob er ein Eingeweihter war, einer, der die harte Schule einer Restaurantküche durchlaufen und überlebt hatte. Ich hatte damals keine Ahnung, mit wem ich es zu tun hatte, ich wusste nicht, dass er ein einzigartiges Genie war, dessen Meisterwerke wie von da Vinci oder Michelangelo noch Hunderte von Jahren nach seinem Tod für Furore gesorgt hätten, wenn sie in Museen konserviert und für die Nachwelt erhalten geblieben wären und nicht nach wenigen Sekunden oder Minuten auf der Zunge verblasst wären.

»Was war da drin?« Die Frage kam nicht so beiläufig über meine Lippen, wie ich es geplant hatte. Der Hund zeigte unscharf auf ein paar Zutaten in seiner Nähe, er wirkte abwesend, er suchte weiter in den Gemüseboxen nach etwas, es schien, als wüsste er selbst nicht so genau, wonach.

Bevor ich das Tuch auseinanderwickelte, bemühte ich mich um

Fassung, wie ein kleiner Junge, der zum ersten Mal die Zunge einer schönen Frau gekostet hatte, und wischte die Arbeitsplatte sauber. Ich war einigermaßen nervös, denn wenn das kein Zufall war, kein dummes Missverständnis, sondern wenn der Hund wusste, was er da tat, dann hätte ich mitten in all dem Gestank, der Abgase, der Hundescheiße auf der Straße und dem ranzigen Bratfett einen Seelenverwandten gefunden, wie ein Soldat an der Front, der einen Kameraden aus dem Heimatdorf trifft.

Ich wusste damals noch nicht, was auf uns wartete und was der Hund wie ein Besessener suchte, es war, als ob er Skizzen anfertigen würde und sich einem Gefühl annäherte. Damals wischte er noch unscharf und ungenau herum und tastete sich langsam an etwas Unausweichliches heran.

Erst als ich das Set komplett ausgebreitet hatte und die Prachtstücke zum Vorschein gekommen waren, blickte ich ihn verstohlen von der Seite an. Ich wollte sehen, ob ihm klar war, was da vor ihm lag. Das Sortiment war der Größe nach geordnet. Links waren die kleinen Messer. Obstmesser, Austernmesser und so weiter. Dann die größeren Filetiermesser. Ich hatte seine Aufmerksamkeit, wir starrten wortlos auf die Klingen.

Auch die letzten vereinzelten Echos waren inzwischen auf meiner Zunge verhallt, sie waren dünner geworden und hatten sich schließlich ganz aufgelöst. Zurück blieb der Eindruck eines wärmenden, befreienden Lichtes, das auf mich geschienen hatte, als ich nackt und bloß, ehrfürchtig und hilflos und mit aufgerissenen Augen vor dem Geschmack stand und jede Faser meines Wesens blank wie ein aufgescheuertes Starkstromkabel war.

»Ein Börek, Digga«, kreischte eine Stimme. Vor dem Imbiss stand eine kleine Gruppe Geschäftsreisende. Ihr Anführer war ein spießiger dunkelhaariger Typ mit Wildlederschuhen, Fönfrisur und Schal. Vor seiner Entourage aus Funktionären und Redakteuren spielte er sich auf wie ein Gangster, im Geiste sah er sich umringt von schweren Jungs aus der Bronx, alles seine Freunde, Brothers, die für ihn durch das Feuer gehen würden, in Wirklichkeit und bei Tageslicht betrachtet kam er rüber wie ein zugekokster Hamburger Werbetexter. Er drehte sich zu seinen Leuten um.

»Und ihr? Auch alle Börek?«

»Wir haben geschlossen. Sorry«, sagte ich. Wir hatten nicht geschlossen, der Grill glühte lichterloh wie ein Atommeiler, aber ich wollte nicht gestört werden, ich wollte dem Hund weiter die Messer zeigen.

»Digga, der Grill ist doch noch an«, kam in aufgesetztem Straßenslang über die Lippen des Gangsters. Dann wieder zu seinen Leuten: »So, kommt. Ganz schnell. Die machen gleich zu. Was wollt ihr? Auch alle ein Börek? Wie viel?«

Er zählte durch.

»Eins, zwei ... du auch? Drei ...« Dann wandte er sich wieder an mich. »Also drei Böreks, Digga.«

Er war zufrieden mit sich und der Welt, zog sein iPhone aus der Tasche und schoss ein Selfie mit seinen Geschäftsfreunden, er in der Mitte, jede Schwiegermutter wäre ihm zu Füßen gelegen, während er Filter über sein Foto legte und an den Farben drehte, kreischte er: »Bam, Digga, jetzt essen wir mal was Richtiges. Was Authentisches. Nicht so einen Scheiß wie die ganzen Scheiß-Nazi-Hipster da drüben im El Cion. Street Style, Digga, Street Styyyyle!«

Dann donnerte die Jalousie direkt vor seiner Nase herunter, und wir hatten wieder unsere Ruhe. Ich zog das kleinste Messer aus dem Set, das Geheule des Gangsters konnte man hier drinnen nur noch dumpf durch die Jalousie hören.

Das sei ein Kernmesser. Damit würde man Muscheln oder Austern aufmachen. Langer und breiter Griff. Damit könne man guten Druck ausüben. Kurze, breite Klinge. Die breche sonst ab, erklärte ich dem Hund.

Damit er begriff, wovon ich redete, machte ich ihm in der Luft vor, wie man eine Auster aufmachte.

Ob er verstehe, fragte ich ihn.

Der Hund nickte, er wollte über die Klinge streichen, um zu sehen, wie scharf sie ist.

»Finger weg!«, pfiff ich ihn an, die Klinge würde ich ja selber kaum anfassen. Auch nicht beim Schärfen. Und ein Fremder wie der Hund schon gar nicht. In Japan hätte man ihn dafür jetzt schon kaltgemacht.

Ich war mir nicht sicher, ob der Hund den Ernst der Lage verstanden hatte. Ich nahm das größte Messer aus dem Set. Das hier sei die Schlampe, die Königin. Ohne sie würde gar nix gehen in der Küche. Die benutze man ständig. Grünzeugs wegmachen, Strünke abschneiden oder auch Knochen. Große und breite Klinge.

Ich zerhackte eine Zwiebel. Die Stückchen flogen nur so durch die Luft, ich zeigte ihm, wie viel Übung man dafür brauchte und dass ich es draufhatte, dann nahm ich die zerhackten Stücke mit der breiten Klinge seitlich wie mit einer Schaufel auf und wischte sie mit einer einzigen Bewegung in einen Behälter.

Ob er gesehen habe? So, hier!

Ich fegte noch ein zweites Mal über das Hackbrett, um auch noch die letzten Stückchen zu erwischen. Aber langsamer, damit sich der Hund den Bewegungsablauf genauer einprägen konnte. Dann schob ich ihm eine Tomate hin. Der Hund legte das Messer an, und es glitt hindurch wie durch warmes Wasser. Er schien den Unterschied zwischen einem guten und einem großartigen Messer allmählich zu begreifen, er schien zu ahnen, was man mit einem richtigen Messer in der Küche anfangen konnte, und dann war es so weit, der Hund war reif, ich faltete das alte, eingewickelte Stofftuch auseinander und legte das Prachtstück auf den Tisch. Tsukasa Hinoura. Japan. 1972. Der hölzerne Griff war schlicht und funktional, doch die Klinge war wie ein teurer Schinken von feinen Maserungen durchzogen. Zweiunddreißig Lagen aus edlem Shirogami-Stahl wurden dafür geschmiedet und gefaltet.

»Japanisches Messer der drei Wege. Fleisch, Fisch, Gemüse. Handgefertigte Damastklinge. Kitae-ji Santoku in Warikomi-Technik geschmiedet. Siebenmal gehärteter Stahl. Das ist eine Göttin, Alter.«

Ich gab dem Hund ein paar Sekunden, um den Anblick zu verdauen.

»Die Klinge wurde noch nie geschliffen. Und mit Wasser kam sie auch noch nie in Berührung. Die wäscht man nie, man schmiert das Blut oder Fett nur mit einem Lederlappen ab. So, hier.«

Ich deutete mit dem Tuch die Wischrichtung an, ohne die Klinge zu berühren.

»Hab ich von einem Sternekoch geschenkt bekommen. Damals. ’91. Im Aist. In Moskau. Das war kurz nach der Wende. Das waren noch Zeiten, Alter. Ich war damals Rotisseur.«

Ich fragte ihn, ob er schon mal in einer professionellen Küche war und ob er wisse, was eine professionelle Küche sei, ob ihm das etwas sage.

Es sagte ihm nichts.

Ein paar Tage später explodierte der Himmel, ein kochend heißes Wochenende ergoss sich über die Stadt, der Ansturm war absurd, die Döner sprangen fast von alleine über die Theke. Ich war am Spieß, Vaslav kassierte ab, und der Hund sollte eigentlich Kraut und Tomaten schneiden, aber stattdessen untersuchte er das Gemüse, als wären es seltene Steinproben aus der Kreidezeit.

»Einmal Döner. Und zweimal Pommes. Das sind dann sieben

fünfzig«, sagte Vaslav. Seinen Russenakzent versuchte er so stark herunterzuwürgen, dass man alleine vom Zuhören Muskelkater im Hals bekam.

Ich schnitt das Fleisch vom Grill und kam kaum hinterher, die nächsten Bestellungen vorzubereiten, Vaslav zischte mich an.

»Was ist mit dem verfickten Döner?« Und dann wieder freundlich wie Zuckerwatte zu den Nächsten in der Reihe: »So? Und Sie?«

Der Hund bekam von dem ganzen Trubel so gut wie nichts mit. Mit glasigen Augen starrte er das Innere einer Tomate an, als würde er ein Rätsel lösen wollen. Ich zerrte ihn am Arm zu mir herüber.

»Hier. Mach den Döner fertig.«

Ich wendete mich wieder dem Spieß zu und hobelte die Fleischspäne herunter. Hektisch, aber präzise. Aus den Augenwinkeln beobachtete ich, wie sich der Hund umständlich an den Döner ranpirschte. Lange suchte und fischte er in den Gemüsebehältern herum, bis er schließlich ein halbwegs frisches Blatt Salat gefunden hatte. Nichts schien gut genug für ihn zu sein, und hinter Vaslavs Rücken sah ich, wie er sich das Blatt an die Nase hielt.

»Alter, hör auf mit dem Scheiß. Beeil dich«, pfiff ich ihn an. Vaslav musste das gehört haben. Er drehte sich um und sah, wie sich der Hund das Krautblatt in den Mund steckte, um es zu kosten, bevor er es auf den Döner packte. Der Hund flog so heftig gegen die Wand, dass eine der Boxen über der Kasse herunterfiel, doch er hatte mehr Glück als Verstand, denn anstatt ihm ins Gesicht zu treten, wandte sich Vaslav wieder an seine Kundschaft und kümmerte sich um die nächsten Bestellungen, er war so scharf auf jeden Euro, dass er den Hund nicht sofort und auf der Stelle exekutierte, sondern solange damit warten wollte, bis alle bestellt und bezahlt hatten. Der Hund hatte eine Gnadenfrist von sechs Kunden, die vor dem Imbiss in der Schlange standen, erst wenn der letzte von ihnen sein Geld gegen einen Döner eingetauscht hatte, konnte man für nichts mehr garantieren.

»So, einmal Döner mit und einmal ohne«, lächelte Vaslav den Kunden so freundlich er konnte an, dabei zischte er wie eine randvolle Gasflasche auf einem glühenden Herd.

Ich versuchte den Lautsprecher wieder anzubringen. Die Musik aus der Anlage rasselte, und die Boxen vibrierten in meinen Händen. Der Haken an der Wand war abgerissen, ich musste die Boxen auf den Kühlschrank stellen, ich versuchte, nicht sämtliches Gerümpel herunterzureißen, und schickte den Hund, die Pommes aus der Fritteuse zu holen, sie mussten inzwischen fast zu Tode frittiert sein. Der Hund hielt sich mit einer Hand den Kiefer, mit der anderen zog er die Pommes aus dem triefenden Fett und ließ sie abtropfen. Das gelblich braune, klebrige, nach totem Hamster stinkende Altöl klatschte zurück in die Fritteuse, dann würgte er und ließ den Griff des Siebes fallen wie eine heiße Kartoffel. Er wollte sich an Vaslav vorbei zur Türe drücken, doch das klappte nicht so richtig. Jedenfalls nicht schnell genug, er kotzte mitten in den Imbiss, Vaslav mehr oder weniger direkt vor die Füße.

Ich schloss für zwei Sekunden die Augen. Der Hund wischte sich den Mund ab, stieg mit einem großen Schritt über seine eigene Kotze, versuchte in einem zweiten Anlauf, die Pommes aus dem Öl zu holen, und grunzte.

Ich versuchte so zu tun, als hätte ich nichts gehört und nichts gesehen, und hobelte weiter Fleisch vom Spieß, obwohl meine Schaufel bereits überlief.

Vaslav drückte dem Yuppie und seiner Freundin die fertigen Döner und Pommes in die Hand.

»Guten Appetit und schönen Abend!«

Der Rest der Schlange vor dem Imbiss löste sich auf, der Gestank der Kotze trieb die Meute in alle Himmelsrichtungen davon.

Ich ging in Deckung. Vaslav griff sich den Hund, was er brüllte, konnte man kaum verstehen, der Hass tropfte ihm aus den Ohren und der Hund kämpfte mit dem nächsten Brechreiz.

Vaslav bahnte sich den Weg nach draußen, offensichtlich wollte er verhindern, dass er mitten in seiner eigenen Imbissbude explodierte, den Hund zerrte er an den Haaren hinter sich her.

»Hey, das hat er nicht mit Absicht gemacht. Das kann doch mal passieren, das Fett ist da wirklich schon über drei Wochen drin«, versuchte ich Vaslav zu beruhigen, dann hatte ich eine Ohrfeige sitzen, die mir fast den Kiefer ausrenkte, Vaslav bellte mich an und versuchte mich am Kragen zu packen, um mir einen präzisen K.-o.-Schlag ins Gesicht zu verpassen, denn jetzt fiel ihm auf, dass ich an allem schuld war. Dann rutschte er in der Kotze aus und schlug sich den Schädel an der Kasse an. Sie sprang auf wie bei einem Jackpot, und ich konnte mich losreißen und Abstand gewinnen, bevor es richtig gefährlich wurde. Kaum war ich draußen, rannte ich so schnell ich konnte, der Hund musste sich auch irgendwie losgerissen haben, er rannte mir nach, hinter uns hörte ich Vaslav vor Wut heulen und wüste russische Flüche ausspucken.

2

DER HUND trottete neben mir her wie ein Idiot. Ich hatte ihn schon mehrmals angebrüllt, er solle sich verpissen, aber das half nichts, und als ich an der S-Bahn-Station eine leere Bierflasche nach ihm schmiss, wich er aus, die Flasche zerplatzte auf den Gleisen. Von da an hielt er etwas mehr Abstand, blieb aber trotzdem in meiner Nähe.

Ich hätte ihn am liebsten auf der Stelle weggeklatscht, seinetwegen konnte ich mir jetzt einen neuen Job suchen. Ich biss mir auf die Zunge und verfluchte mich für jedes gute Wort, das ich in den letzten Wochen über ihn verloren hatte, um ihn vor Vaslav in Schutz zu nehmen.

Als ich schließlich in der Bahn saß, hoffte ich, ich wäre ihn los, und dann, für einen kurzen Moment, erinnerte ich mich an das Gericht, das er neulich hinter der Theke fabriziert hatte. Ich dachte an den Geschmack und daran, dass er jenseits von allem war, was ich bisher gekostet hatte, und ich versuchte, mich wieder an dieses diffuse Gefühl zu erinnern, Geschmacksnoten entdeckt zu haben, von denen ich nicht gewusst hatte, dass sie überhaupt existierten, so als ob man eine neue Farbe erblickt, die man noch nie zuvor gesehen hat, und noch bevor mir klar wurde, dass ich vielleicht nie wieder eine seiner Kreationen schmecken würde, tauchte er hinter mir auf und setzte sich zu mir. Ich versuchte, ihn so gut es ging zu ignorieren.

Eine Clique Schülerinnen ging durch den Gang. Eine von ihnen schaute zu mir herüber, doch als die Mädels näher kamen und den Hund sahen, wollte sie jeden weiteren Augenkontakt vermeiden und so schnell wie möglich an uns vorbeikommen.

»Schau dich mal an. Schau dich an, wie du aussiehst. Wie ein scheiß Penner siehst du aus«, bellte ich den Hund an und zeigte auf die Flecken auf seinem T-Shirt.

Der Hund kramte in seiner hinteren Hosentasche.

»Da sind Flecken auf deinem T-Shirt. Vorne, in der Mitte. Da. Voll draufgekotzt.«

Der Hund zerrte ein Bündel Geldscheine hervor und begann zu zählen. Ich wollte es ihm aus der Hand reißen, doch er ließ nicht los, sondern zählte weiter.

»Bist du bescheuert? Wie viel ist das denn?«, fragte ich ihn.

Es schienen ungefähr fünfhundert Euro zu sein, und als der Hund mit dem Zählen fertig war, begann er noch einmal von vorne.

Zu diesem Zeitpunkt musste Vaslav bemerkt haben, dass der Stapel mit den großen Scheinen in seiner Kasse fehlte. In genau diesem Moment, in dem wir in der S-Bahn saßen, kroch eine so brüllende Wut in ihm hoch, dass seine Lippen blass wurden und zuckten, während er seine Leute anrief, um ihnen unsere Namen durchzugeben. Mir wurde schlecht. Ich wischte mir über die Augen. Wenn Vaslav uns eines Tages erwischen würde, würde er uns beide hinrichten, nicht nur den Hund. Doch noch bevor ich ein Wort dazu sagen konnte, fragte mich der Hund mit seinen brüchigen und kehligen Sätzen, ob die fünfhundert Euro ausreichen würden, damit wir beide im El Cion essen gehen könnten.

3

ES DAUERTE eine Weile, bis wir einen Tisch bekamen. Das El Cion hatte zwar erst wieder seit ein paar Wochen geöffnet, aber es war schon jetzt hoffnungslos ausgebucht. Abendessen und zu den Hauptzeiten konnte man komplett vergessen. Aber wir hatten Glück und konnten dienstagnachts um elf Uhr noch zwei Plätze ergattern. Wir drückten uns mit gesenkten Köpfen auf der gegenüberliegenden Straßenseite von Vaslavs Imbiss entlang, bis wir schließlich durch den mit Fackeln gesäumten Eingang schritten, durch den noch vor ein paar Wochen Alisha gegangen war.

Die Empfangsdame musterte uns von oben bis unten. Der Hund hatte sich ein mehr oder weniger frisches T-Shirt übergezogen und ließ seinen Blick wie ein misstrauisches Tier durch den Saal wandern. Ich trug mein einziges schwarzes Hemd. Es war zu klein, aber ich war schlau, ich hatte mein Jackett vorne zugeknöpft. Dass die Knöpfe jeden Moment zu explodieren drohten, konnte keiner sehen.

»Guten Abend?«, begrüßte uns die Empfangsdame. Es klang eher wie eine Frage oder so, als wollte sie uns zur Rede stellen.

»Guten Abend«, erwiderte ich souverän und gab ihr zu verstehen, dass ich kein Fremder in ihrer Welt sei, selbst wenn uns der Hund aussehen ließ wie zwei Aussätzige.

»Haben Sie reserviert?«

»Ja. Für zwei Personen.«

»Darf ich fragen, auf welchen Namen?«

»Mo.«

»Mo?«

»Ja, einfach nur Mo.«

Die Empfangsdame ging ihre Liste durch und fand meinen Namen sofort. Trotzdem dauerte es noch ein paar weitere zähe Sekunden, bis sie sich zu einem »Ah, hier. Okay, na gut …« durchringen konnte, und dann ging sie voraus und führte uns in den Speisesaal.

Kalter Minimalismus dominierte die Einrichtung. Unbezahlbare Kunst hing an den Wänden. Der Boden war aus champagnerfarbenem Kalkstein. Die Stühle sahen alt aus, fast schon antik, und ihre schwarzen Lederbezüge glänzten. Es war und wird wohl immer ein Mysterium bleiben, warum jeder, der das El Cion zum ersten Mal betrat, das Gefühl hatte, etwas Verbotenes zu tun. Etwas Böses, Obszönes, etwas durch und durch Verdorbenes, bei dem man nicht erwischt werden durfte.

In schwindelerregend hohen Hacken führte uns die Empfangsdame quer durch den Saal bis zum letzten Katzentisch neben den Toiletten. Über dem Rauschen aus weichem Gemurmel der Gäste schlug der Klang ihrer Absätze auf den Kalksteinplatten leicht und elegant wie ein menschenverachtendes Metronom, und silbernes Besteck klirrte auf riesigen Tellern. Dazwischen ab und zu das kristallene Klingen der Weingläser, wenn angestoßen wurde. Die eine Hälfte der Gäste musterte uns abschätzig, die andere ignorierte uns aggressiv.

»Hier, bitte!«, wies sie uns an und gab uns zu verstehen, dass wir ab jetzt unserem eigenen Schicksal überlassen waren und sie nichts mehr für uns tun könne. Dann drehte sie sich auf dem Absatz um und stolzierte zurück zu ihrem Platz am Eingang.

Die anderen Gäste im Restaurant empfanden eine erleichternde Genugtuung. Wir waren an einen Tisch gesetzt worden, der uns als das denunzierte, was wir ihrer Meinung nach waren: zwei Penner, die sich in eine fremde Welt verirrt hatten, in der sie sich noch nicht einmal einen Aperitif leisten konnten. Ich atmete tief durch und ließ mich nicht provozieren. Wir hatten fünfhundert Euro in der Tasche, und nichts konnte uns daran hindern zu bestellen. Von der Stopfleber in salziger Honigkruste hatte ich schon öfters gehört, und in wenigen Minuten würden zwei Exemplare vor uns auf dem Tisch liegen. Tot, glänzend, knusprig, süß, salzig, scharf und heiß.

Die Bedienung brachte uns die Speisekarte. Sie hieß Conny und konnte höchstens einundzwanzig Jahre alt sein. Sie war struppig, lässig und hoch konzentriert bei der Arbeit.

Ich lehnte mich höflich zurück und fragte in einem Tonfall, der Ruhe und Gleichgültigkeit ausstrahlte:

»Entschuldigung. Arbeitet Said heute Abend in der Küche?«

»Wer bitte?«, fragte sie mit hochgezogenen Augenbrauen.

»Said? Einer von den Commis?«

»Ich frag mal nach. Wie ist Ihr Name?«

»Mo.«

»Mo?«

»Ja. Einfach nur Mo. Der weiß dann schon.«

»Okay. Ich frag mal.«

Siebenunddreißig Minuten später landete das Essen auf unserem Tisch.

»So, zweimal Foie Gras. Guten Appetit!«, sagte Conny. »Said meinte, er hat leider keine Zeit. Wir erwarten später noch eine größere Gesellschaft. In der Küche ist eine Menge los heute. Er meldet sich bei Ihnen.«

Dann ließ sie uns mit den prächtigen Gerichten alleine. Der Hund musterte das Essen auf seinem Teller, offensichtlich hatte er noch nie in seinem Leben ein Restaurant wie das El Cion von innen gesehen, vielleicht war er sogar noch nie in einem Restaurant mit Stühlen gewesen, einem Restaurant, in dem man das Essen auf einem Tisch serviert bekam, in dem man sich setzte und nicht im Stehen, unter einer Neonlampe vornübergeneigt, etwas in seinen Mund drückte, während das Kraut und die Soße auf den Asphalt und die Schuhe klatschten. Vor dem Hund lag ein in weißes Porzellan gerahmtes, abstraktes Gemälde, in der Mitte war die Leber einer Gans angerichtet, überzogen mit einer brüchigen Glasur aus salzigem Honig, umgeben von krustig gebratenen Bohnen und einem Apfelgratin, so zart, dass er beim bloßen Anblicken in sich zusammenfiel, und bestäubt war das Ganze mit etwas, das aussah wie Splitter einer kandierten Rinde.

»Okay, Mann. Also guten Appetit«, wünschte ich ihm.

Er nickte, ohne den Blick vom Essen zu nehmen. Er nahm sein Besteck umständlich in die Hand und trennte vorsichtig ein Stück von der Gänseleber, er war erstaunt, wie das glänzende Messer durch das weiche Fleisch drang und sanft und leise und mit einem kalten Klingen auf das harte Porzellan des Tellers schlug.

Dann steckte er das Stück Fleisch auf die Gabel und strich damit über den mit tintenschwarzen Tropfen betupften Teller, langsam, so wie ein Maler, der eine Farbe mit dem Pinsel anrührt, während er beobachtet, wie sich die Pigmente vermischen. Dann schob er sich vorsichtig den ersten Bissen in den Mund. Ich tat das Gleiche. Der Hund schloss die Augen.

Hinter dem Pass, im Nebel, wie hinter einer Sandbank, tauchte Valentino auf, man konnte ihn nicht erkennen, nur seine massige Silhouette zeichnete sich im Dunst der Küche ab. Mit den Augen eines Schäferhundes blickte er misstrauisch in den Saal, um zu überprüfen, wie die Stimmung war, und als er seinen Blick schweifen ließ, blieb er am Hund hängen und beobachtete ihn lange, wie er dasaß, vom Geschmack völlig benebelt, mit seinen geschlossenen Augen, den Kopf in den Nacken gelegt, lange kaute er, und er schien die Welt um sich herum vergessen zu haben. Valentino konnte seine Augen nicht von ihm lassen, zwischen all den Gästen wirkten die beiden in ihren Harz-IV-Klamotten wie Glücksritter, die versuchten, jeden Augenblick so lange es geht zu genießen, bevor man sie entdeckte und wieder verjagte. Sie waren nicht hier, um zu sehen oder gesehen zu werden, sondern einzig und alleine wegen des Essens. Melancholisch beobachtete Valentino, wie sich der Hund in den Weiten des Geschmacks verlor, und während sich Wehmut in Valentino ausbreitete, schien er sich an früher zu erinnern, an damals, als er selbst noch jung und hungrig gewesen war, als er mit seinem ersparten Geld und einem Interrail-Ticket die heiligen Pforten der kulinarischen Götter aufsuchte, er war siebzehn, als seine Lippen zum ersten Mal die Foie Gras von Bocuse berührten, noch bevor er zum ersten Mal eine Frau geküsst hatte, das war Mitte der Achtziger, Depeche Mode klebte in sämtlichen Ecken und Winkeln wie hartnäckiger Flugrost, das Koks war noch teuer, und die Welt war groß und endlos.

Erst nach einer Weile, als der Hund seine Augen wieder öffnete, drehte sich Valentino um und verschwand im Dampf der Küche. Er hatte keine Ahnung, dass der Hund auf dem Weg war, in sein Reich einzudringen wie der Antichrist in den Vatikan.

Als wir vor unseren leeren Tellern saßen und schweigend lauschten, wie sich der Nachgeschmack allmählich in unseren Mündern auflöste, fragte ich den Hund:

»Verstehst du, was ich meine?«

Er schien völlig benommen zu sein.

»Verstehst du?«, hakte ich nach.

Der Hund nickte und atmete tief durch. Als Conny mit der Rechnung kam, sagte ich zu ihm:

»Gib mir das Geld. Ich mach das.«

Er kramte die zerknüllten Geldscheine aus seiner Tasche und reichte sie mir über den Tisch.

Ich zählte nach, und das Blut schoss mir in den Kopf. Es waren keine fünfhundert Euro.

»Das sind nur vierhundertfünfundsechzig. Hast du noch was?«, fragte ich ihn. Ich versuchte zu lächeln. Mir wurde heiß, und ich wurde rot. Zuerst an den Backen und dann an der Stirn, und das war nicht gut, denn wenn ich etwas hasste, dann war es, rot zu werden.

Der Hund schaute noch einmal in seiner Hosentasche nach.

Das sei alles, brachte er halb verständlich über die Lippen.

Ich schaute mir noch einmal die Rechnung an und fragte: »Aber wieso vierhundertneunundachtzig? Hier zweimal das Menü und dann …«

Conny antwortete freundlich:

»Ja, aber sie hatten zweimal den Chardonnay hier«, und zeigte auf zwei Weinflaschen auf der Rechnung.

Darauf hatten die anderen Gäste im Speisesaal gewartet. Das war die Einlage, die ihrem Aufenthalt im El Cion die Extranote verlieh, die Pointe, die ihrem erbärmlichen Leben die notwendige Adrenalinspritze verpasste. Man gab sich nicht einmal Mühe, Mitleid mit uns zu heucheln. Man schüttelte den Kopf, wie könne man solche Assis überhaupt hier reinlassen, das war ja klar, dass das mit denen hier nichts werden könne, solche Typen hätten in diesen Kreisen nichts verloren, aber die Bedienung, die tue einem leid, das arme Mädchen.

»Also, da ist jetzt ein Problem …«, versuchte ich Conny auf das Schlimmste vorzubereiten. »Da fehlen noch … Also, wir haben nur das hier. Fuck, Alter. Ist das peinlich«, stammelte ich und wand mich wie ein Regenwurm auf einer Herdplatte. Der Hund kramte in seinen Taschen, legte noch ein paar einzelne Münzen auf den Tisch und machte das Ganze nur noch schlimmer.

»Hm, ja … Dann … warten Sie mal bitte«, sagte Conny, sammelte das Geld ein und ging damit zur Küche.

Kaum war sie weg, wischte der Hund mit einem Stückchen Brot die letzten Reste und Tropfen von seinem Teller und steckte es sich in den Mund.

»Alter, jetzt hör doch mal auf mit dem Scheiß«, pfiff ich ihn an. Und als der alte Sack am Nachbartisch den Fehler machte zu schmunzeln, platzte mir der Kragen.

»Was ist denn los, du Fotze?«

Der Sack zuckte zusammen, erstarrte und hielt sich mit seinem Blick wie ein Ertrinkender an seiner Frau fest. Er versuchte so zu tun, als hätte er mich nicht gehört, aber dafür war es zu spät. Der Sack war fällig.

»Ja, dich meine ich, du Schlampe. Was glotzt du denn so? Deiner Alten fallen fast die Titten aus dem Kleid, und du glotzt die ganze Zeit auf meinen Schwanz, oder seh ich da was falsch?« Meine Lautstärke war angemessen, er hätte mich auch hören können, wenn er schon halb taub gewesen wäre.

Keiner im Saal wagte zu atmen, und das war auch besser so. Ich verschränkte die Arme, atmete tief durch und versuchte, das Blut aus meinem Gesicht zu bekommen. Am Pass erschien Conny mit Valentino und zeigte zu uns rüber, und mir blieb das Herz stehen. Auch wenn ich sie auf die Entfernung nicht erkennen oder verstehen konnte, war mir klar, worüber sie redeten, Conny gestikulierte mit den Händen. Dann raunte ihr Valentino etwas ins Ohr und tauchte wieder im dampfenden Dschungel unter.

Ich war auf das Schlimmste gefasst, aber der Hund schien die Tragweite weder vorne noch hinten zu überblicken. Er schlug vor, dass wir abhauen sollten.

»Abhauen?«, fragte ich ihn. »Nach so einem Essen? Einfach so abhauen? Alter, was für ein Wichser bist du denn? Die haben uns gesehen. Da drüben am Pass. Die haben uns die ganze Zeit beobachtet. Fuck, Fuck, Fuck.«

Der Hund blickte mich an, als fragte er sich: »Ja und?«, und noch bevor ich etwas sagen konnte, kam Conny an unseren Tisch zurück, und ich zündete mein unterwürfigstes Lächeln an.

»Gruß aus der Küche. Mit besten Empfehlungen. Machen Sie sich keine Gedanken wegen des restlichen Geldes. Das geht aufs Haus. Lassen Sie es sich schmecken.«

Sie lächelte und stellte einen Teller mit einem kleinen Sortiment abartiger Käsekreationen auf den Tisch. Ich verstand die Welt nicht mehr. Genauso wenig wie der Sack, seine alte Fotze und die anderen Gäste an den Nachbartischen um uns herum. Conny zwinkerte uns zu, als wären wir Verschworene eines geheimen Ordens. Ich hatte keine Ahnung, was in sie gefahren war.

»Danke«, stammelte ich, doch Conny hatte sich bereits entfernt und war außer Hörweite.

Wir starrten auf die dekorierten Teller vor uns, man hatte uns nicht wie Abschaum verjagt, sondern wie echte Menschen behandelt. Der Hund brach als Erster die Andachtsminute und fiel mit der Schamlosigkeit eines Asozialen über das Käsearrangement her, bevor man es ihm wieder wegnehmen könnte.

Stunden später senkte sich der Abend über die Stadt. Unter uns glitzerten die Lichter, und über uns zog der rumorende, abgasverhangene Nachthimmel auf. Der Hund wirkte, als ob jede Zelle seines Körpers mit dem Geschmack der Foie Gras und dem darüber liegenden Schleier des Parmesans und des Blauschimmelkäses infiziert wäre. Gedanken schienen sich in seinem Kopf zusammenzufügen, er blickte aus den S-Bahn-Fenstern, als würde der Geschmack der krustigen Stopfente, des salzigen Honigs, des trockenen Weins hinter uns auf den Bahngleisen der Hochtrasse liegen und als wäre das, was durch seine Zunge in sein Bewusstsein gedrungen war, der Klang, den er sein Leben lang gesucht hatte. Seine Augen wanderten blind hin und her, die Antwort auf seine Frage schien irgendwo in der Luft um seinen Kopf herumzuschwirren, und er versuchte sie zu entziffern.

Schließlich fasste er seine Gedanken zu einem wackeligen, notdürftig zusammengeleimtem Satz und erklärte mir, dass wir Köche werden sollten, Köche im El Cion.

Eine Gruppe Fahrkartenkontrolleure gingen durch das Abteil.

»Was?«, fragte ich, obwohl ich genau verstanden hatte, was er wollte.

Nächste Woche, wenn ich Said traf, dann solle ich ihn fragen, ob wir im El Cion anfangen könnten, antwortete er.

Der Kontrolleur war jetzt auf unserer Höhe.

»So, die Fahrkarten bitte.«

Ich würde doch Said kennen, Said von der Brigade, hakte der Hund nach.

»Hallo? Fahrkarten!«, bellte es von der Seite.

Ja, fing ich an, dem Hund in aller Ruhe zur erklären, dass das nicht so einfach sei, wie er sich das vorstelle.

Aber ich habe doch behauptet, dass ich Koch sei und in einem Restaurant gearbeitet habe, unterbrach er mich.

Ja, Mann, antwortete ich, das habe ich auch, im Aist, in Moskau, vor langer Zeit, aber ich hätte nie im El Cion gearbeitet.

»Gut. Also dann die Ausweise bitte.«

Aber ich sei doch Koch, oder nicht? Der Hund ließ nicht locker, richtig penetrant war er.

»Die Ausweise, oder ich muss die Polizei rufen.«

Oder ob ich kein Koch sei, ob ich ihn die ganze Zeit angelogen habe? Langsam kam Leben in den Hund. Bisher hatte die Idee aus seinem Mund wie eine logische Schlussfolgerung geklungen, nichts Außergewöhnliches, eher das, was einem der rationale, gesunde Menschenverstand rät, nachdem er sich die Fakten bei Tageslicht betrachtet hatte. Jetzt, als er Widerstand spürte, wurde der Hund ungemütlich.

Klar sei ich Koch, was die Scheiße solle, Himmel, Arsch noch mal, fauchte ich ihn an.

Die Bahn fuhr in den Bahnhof ein, wir wollten aussteigen, aber der Kontrolleur stellte sich uns in den Weg und rief seine Kollegen zu sich, er war mindestens einen Kopf kleiner als ich, und er beging einen großen Fehler, aber das war seine Schuld, nicht meine.

»Nee, nee, Freundchen. Jetzt ist Schluss mit dem Scheiß. Jakob, rufst du mal die Polizei?«

Ich klatschte ihn weg, noch bevor ihm sein Kollege zu Hilfe kommen konnte. Ich denke, er hat es überlebt, und die Überwachungskameras konnten von dort, wo sie angebracht waren, unmöglich mein Gesicht erkennen.

Also, wir würden ab morgen im El Cion anfangen, ich als Koch und er als etwas, das klang wie aneinandergehängte unterschiedliche »S«-Laute und das wahrscheinlich »Saucier« bedeuten sollte, fasste der Hund seinen Plan zusammen.

Ich bewegte die Finger meiner rechten Hand, um zu prüfen, ob ich mir was gebrochen hatte.

Er könne da nicht als Saucier anfangen, versuchte ich ihm noch einmal in aller Ruhe zu erklären. Er könne ja noch nicht einmal einen scheiß Döner braten. Das Blut kroch nur langsam zurück in meine Fingerknöchel.

4

WIR STANDEN am Hintereingang und warteten. Leere und volle Kisten mit Lebensmitteln und stinkende Mülleimer standen vor der kleinen, unscheinbaren Türe.

Durch die offenen Fenster der Küche und der Toiletten konnte man die Stimmen der Köche und das Geklapper der Töpfe und Pfannen hören. Ab und zu ein Lachen, eine scharfe, bellende Zurechtweisung, ansonsten wurde kein Wort gesprochen. Der Abend war vorbei. Die letzten Gäste saßen noch beim Wein. Der tägliche Küchenrausch klang langsam aus und gurgelte die Abflüsse der Edelstahlbecken hinab.

Ein langer, spindeldürrer Commis trat aus der Küche und steckte sich eine Zigarette an.

»Said kommt gleich«, nickte er mir müde zu. Ich nickte zurück und zündete mir ebenfalls eine an.

Das El Cion war aufgebaut wie ein menschlicher Körper. Vorne, am Eingang zum Speisesaal, war das Gesicht des Restaurants. Der Speisesaal selbst war der Kopf. Hier gingen die wichtigen Menschen ein und aus. Hier wurde kommuniziert, gelacht, geredet, hier fand die Show statt, hier wurde man gesehen.

Der Pass war der Hals, der Rachen, der ein Körperteil von den anderen trennte. Alles, was danach passierte, war für die Außenwelt unsichtbar. Hier rutschte das Essen von einem Organ in das nächste.

Und dahinter, in der Küche, lag der Bauch. Hier wurde das Essen zerkleinert, filetiert, angerichtet. Aus großen Fleischbrocken wurden kleine, mundgerechte Happen, aus harten Muskatnüssen wurde feiner Staub, aus dickem, kiloschwerem Maladúaschinken wurden hauchdünne Scheiben, durch die die Sonne schien, wenn man sie gegen das Licht hielt.

Und danach, hinter der Küche, kam der Hinterausgang. Der Arsch des Organismus. Hier verließ alles, das keine Verwendung in der Küche fand, das System. Die stinkenden Köpfe und Gräten der Meerwölfe und Seeteufel. Die faserigen Strünke, die welken Blätter und die blutigen Knochen wurden hier aus dem Körper gedrückt, hier stapelten sich die leeren Flaschen in bunten, zerschrammten Kästen, hier schwammen hellgelbe, labbrige Nudeln in nassem dunkelbraunem Kaffeesatz, hier verlor jedes noch so edle und noch so teure Gericht seine Würde, wenn es vom Gast zurückgeschickt wurde, den hungrigen Köchen durch die Lappen ging und in eine der Mülltüten gekippt wurde. Wie ausgemergelte Wölfe mit stumpfem Fell und verzweifelten Augen sahen die Köche herrenlosen Langusten an Yamswurzel mit Bergamotte oder halb gegessenen Tellern Spargel mit rotem Sumak auf dem Weg zum Mülleimer hinterher. Sie fletschten die Zähne und knurrten sich an, während die noch warmen Speisen zusammen mit den benutzten Bodentüchern und den verschmierten Plastikverpackungen in einen der großen dunkelblauen Eimer geschüttet wurden. Hier am Hinterausgang warteten die toten Gerichte wie langsam erkaltende Körper darauf, abtransportiert zu werden. Wie Leichen am Straßenrand. Wie lauwarme Scheiße in einer Kloschüssel. Hier standen der Hund und ich und warteten auf Said.

Servicekräfte, die schon Feierabend hatten, krochen wortlos

und mit schmerzenden Knochen an uns vorbei. Im Speisesaal mussten die Frauen High Heels tragen. Die Schichten dauerten vierzehn Stunden, die Schmerzen waren bestialisch, ihre Zehen taub, ihre Rücken kaputt, und ihre Blicke klebten am Hund, man wollte wissen, wer der Kerl war, der sich im Schatten drückte wie eine notgeile Hyäne. Nervös trat er von einem Bein auf das andere, und während die Schlösser der Fahrräder aufsprangen und die Motoren der Vespas von den Kellnerinnen und Commis zündeten, fragte man sich, woher der Hund kam, was er hier wollte und ob man ihn jemals wiedersehen werde. Dann verließ man das Schlachtfeld mit tapfer erhobenem Kopf und rauschte durch die Nacht davon.

Auch wenn die Arbeit im El Cion unmenschlich war, so gab sie ihren Kindern dennoch einen würdigen Glanz, einen arroganten Stolz. Wer hier arbeitete, konnte den Puls der Hauptschlagader der ganzen Welt hören. Im El Cion wurde Politik gemacht. Millionen-, wenn nicht milliardenschwere Verträge wurden geschlossen. An den kalkweißen, mit blutroten Château-Margaux-Tropfen gesprenkelten Tischdecken wurde Geschichte geschrieben und die Zukunft verhandelt. Weltberühmte Stars und drittklassige Celebritys standen allabendlich vor dem Eingang Schlange. Viele wurden abgewiesen, die wenigsten kamen rein. Zwei Tage nach der Eröffnung verlor Britney Spears mitsamt ihrer Entourage vor dem El Cion die Fassung. Keine Drohung, kein vierstelliges Trinkgeld konnte ihr helfen. Das El Cion war unantastbar. Man wartete draußen. Vor der Tür. Wie Schlachtvieh. Sichtbar für alle Passanten und Autofahrer. Weißhaarige Spitzenmanager verloren ihre Würde, und die halb nackten Eroberungen an ihrer Seite verloren den Respekt vor ihnen, während sie sich die Hälse nach denen verrenkten, die an der Schlange vorbei in den Speisesaal gelassen wurden und einen Tisch bekamen. Diven, die nur für wenige Stunden in der Stadt waren, ließen ihre Angestellten für die Schmach büßen und Köpfe rollen. Man drohte dem Personal mit Konsequenzen und bösartiger Vergeltung, doch es half alles nichts. Eher biss man den Bordstein mit den Backenzähnen durch, als dass man etwas an der Situation ändern konnte. Die Arroganz des El Cion war legendär und umwehte seine Angestellten wie eine schützende Aura, wie ein heiliger Schwur, vom obersten Postenchef bis zur niedrigsten Servicekraft, selbst dann noch, wenn die hübschen Kellerinnen und flinken Commis und profilneurotischen Köche nach Feierabend den kulinarischen Gazastreifen mit krummem Kreuz verließen.

Der Hund trat ungeduldig von einem Fuß auf den anderen und versuchte mir in seinem kaputten Deutsch zu erklären, wie ich Said darauf ansprechen sollte, dass wir im El Cion anfangen wollten.

»Ein Wort von dir, und ich klatsch dich weg«, unterbrach ich ihn.

Wir standen am intimsten Punkt, dem Hintereingang. Wer sich hier aufhielt, musste eine gute Ausrede in der Tasche haben oder jemanden wie mich kennen, der wiederum jemanden aus der Brigade kannte. Said konnte jeden Augenblick aus der Tür treten, und ich wollte nicht, dass wir wie Opfer auf Jobsuche rüberkamen.

Ich überprüfte mein Aussehen in der dunklen Spiegelung einer Fensterscheibe und versuchte, einen Fettfleck auf meinem T-Shirt zu zerreiben, und dann erschien Said im Türrahmen. Auf der Schwelle blieb er stehen und blickte skeptisch und argwöhnisch zum Hund. Ich beeilte mich, ihm zu erklären, dass der Hund zu mir gehörte und dass er okay sei und dass er draußen bleiben würde, und dann musste ich es ihm noch einmal von vorne erklären, denn Said verzog sein Gesicht, als hätte er Zahnschmerzen oder ein Pfeifen im Ohr, dann drehte er sich weg, als ob ihn das alles nicht interessieren würde, und mit einem Kopfnicken gab er mir zu verstehen, ihm in die Küche folgen. Der Hund wollte uns hinterherlaufen, doch noch bevor er auch nur einen Schritt tun konnte, pfiff ich ihn an, sich nicht von der Stelle zu rühren.

Dann betrat ich den hinteren, verbotenen Eingang des heiligen Tempels. Im Gang stand ein junger Commis, der Kevin hieß und wie ein gerade volljährig gewordener, aufgeblasener Fitnesstrainer auf Steroiden aussah. Er hatte einen Teller, der von einem hysterischen Gast zurückgeschickt worden war, ergattern können und schlang den halb gegessenen Heilbutt in sich rein. Die halbe Minute, die ihm Zeit blieb, musste reichen, um sich im Stehen, über einen Mülleimer gebeugt zumindest den Fisch und ein, zwei Beilagen in den Mund zu stopfen, den Rest wegzukippen und mit vollen Backen zurück in die Küche zu rennen.

Ich drückte mich zu Said in den engen Raum. Er zog die Türe hinter sich zu. Auf meine Frage, wie es so laufe und wie es so gehe und ob alles okay sei, kam keine Antwort. Wortlos riss er mir das kleine Briefchen aus der Hand und schüttete einen Teil des Pulvers auf den glatten Deckel einer Kiste mit exotischen Früchten neben der Toilette. Mit einem Tranchiermesser zerdrückte und zerhackte er die Brocken. Die breite Klinge wischte er mit dem Finger ab und schmierte sich das Zeug auf sein Zahnfleisch, ich konnte sehen, dass seine Zähne das Spiel nicht mehr lange mitmachen würden. Die vorderen waren schon hinüber, nur ein paar von ihnen ragten als kurze Stummel aus dem Zahnfleisch, und die Backenzähne dahinter hielten auch nicht mehr lange durch, zerrieben und zerknirscht vom Mühlstein unruhiger Nächte hatten sie sich schließlich ergeben. Stummelzähne sind der Tennisarm der Köche. Der Rundrücken von Beamten, die Nierenentzündung von Straßennutten.

Eine Line schnorchelte Said hoch, die andere blieb liegen. Es dauerte ein paar Sekunden, bis ich begriff, dass er sie mir überließ, Said war ein Bruder.

Er hatte eingefallene Totenkopfwangen, die an einen Berber in der Wüste erinnerten, am Hals zog sich eine Brandwunde vom Ohr bis zum Ansatz der Schultern. Seine Haare und Fingernägel waren millimeterkurz, seine Bewegungen hektisch und ruckartig. Wie von einem Huhn oder einer Taube. Said war dauernd in Bewegung. Stillzustehen schien ihm körperliche Schmerzen zu bereiten, und er wirkte immer so, als käme er gerade von einer Schlägerei und das Adrenalin in seinem Kopf wäre noch aufgewühlt wie eine brausende See. Immer wieder hielt er für Bruchteile von Sekunden inne, als müsste er sich auf seine innere Stimme konzentrieren. Einige Momente stand er dann reglos da. Für wenige Augenblicke konnte man denken, er würde einem verdächtigen Geräusch lauschen und versuchen, dessen Ursprung zu lokalisieren. Dann zappelte er weiter, er schaute sich ständig um, selbst in dieser winzigen Toilette ließ er seinen Blick kreisen und kontrollierte, ob die Wand hinter ihm noch immer dort stand, wo sie gerade eben schon gewesen war.

Während er das Geld aus der Hose unter seiner Schürze kramte und sich die Nasenflügel rieb, erzählte er mir, dass Dealen mit Koks nur noch etwas für armselige Loser sei. Das neue Ding sei der Handel mit illegalen Delikatessen. Noch bis vor Kurzem hätten sie einmal pro Woche einen der Köche in den Flieger nach Moskau gesetzt. Hundertzwanzig Euro. Germanwings. Morgens hin. Abends zurück. Den Kaviar konnte man in Hundefutterdosen mitnehmen. Angekommen im Restaurant waren die Dosen das Zehnfache wert. Seit ein paar Wochen aber waren die Grenzen dicht. Der Schwarzmarkt tobte. Der Zoll beschlagnahmte Delikatessen, als könnten sie im Flugzeug hochgehen und in zehntausend Metern Höhe ein Loch, groß wie ein Ochse, in die Bordwand reißen und die Fluggäste mit wirbelnden Haaren und Armen und aufgerissenen Mündern in die Wolken pusten. Almas-Kaviar könne man zumindest noch wie Wurst in Kondome packen und verschlucken, bis man sie am nächsten Tag vorsichtig, damit das Latex nicht riss, in eine Kloschüssel schiss, aber bei Singvögeln oder Schildkröten würde der Spaß aufhören.

Singvögel könne er holen. Schildkröten auch, murmelte es hinter uns. Said und ich drehten uns um. In der Tür stand der Hund. Wir hatten nicht gehört, wie er sich in den Gang vor der Toilette geschlichen hatte und jetzt seinen Kopf zu uns hineinsteckte.

Singvögel könne er holen. Kein Problem, sagte er noch einmal.

»Alter, willst du mich verarschen? Ich hab gesagt, du sollst draußen warten!«, zischte ich ihn an. Danach ging alles sehr schnell, Said steckte das Plastiktütchen ein und stieß uns brutal nach draußen.

»Said, tut mir leid. Ich hab ihm gesagt, dass er vor der Tür warten soll.« Weiter kam ich nicht. Der Hund und ich stolperten die Stufen zum Hinterausgang hinunter. Fast hätte ich mir den Fuß verstaucht.

»Soll ich nächste Woche noch mal vorbeischauen?« Said gab keine Antwort, die Türe klatschte hinter ihm zu. Der dürre Commis von vorhin schnippte seinen Zigarettenstummel weg und ging zurück in die Küche. Eine Servicekraft knatterte mit ihrer Vespa davon. Der Hund und ich waren alleine auf dem Hof.

Er könne Singvogel holen, wiederholte der Hund noch einmal. Ich gab mir Mühe, nicht auszurasten. Ich wischte mir die Augen.

»Verpiss dich!«, sagte ich, meine Stimme vibrierte und war höher, als ich das wollte. Wir standen immer noch vor dem Hintereingang. Ich trottete davon. Die Hände in meiner Jacke. Der Hund lief hinterher. Wie immer. Und als der Hund immer noch nicht den Ernst der Lage verstand und noch einmal mit den Singvögeln anfing, platzte mir der Kragen.

»Weißt du, was CRM 114 ist?«

Der Hund schüttelte den Kopf.

»Nein? Weißt du nicht?« Ich war kurz davor zu explodieren, aber ich konnte die Pferde noch halten.

»Das ist ein Zeug, vom Militär. Das schluckste, und dann musste zehn Stunden lang nicht mehr kacken und nicht mehr pissen. Das fressen die da drinnen. Jeden Tag. Weil sich in den Stoßzeiten keiner leisten kann, pissen zu gehen. Weißt du auch warum?«

Der Hund schüttelte den Kopf.

»Weil keiner von denen da drinnen Zeit hat«, knirschte ich ihn an. Langsam riss sich eines der Viecher von der Leine und drehte durch, und die anderen waren auch nicht mehr zu halten. Mir war egal, ob die gesamte Nachbarschaft aus den Betten gerissen wurde, weil man dachte, auf der Straße würde jemand zu Tode gebrüllt. Mit dem Finger zeigte ich zum Hintereingang des El Cion, damit dieser Idiot auch wusste, von wem die Rede war.

»Und wenn da drin keiner Zeit zum Kacken hat«, brüllte ich ihn an, »warum sollen die sich dann von so einer Fickfresse wie dir Scheißdreck anhören?«

Der Hund hielt sich die Backe. Ich hatte ihm eine geballert, aber er war schlau genug, nicht zurückzuschlagen, sodass mein Kopf langsam wieder abkühlen konnte. Ich sammelte mich, ich holte tief Luft, und ich versuchte, es ihm wie einem Kind zu erklären.

»Da drinnen hatte sich mal einer von den Köchen nach dem Klo nicht die Hände gewaschen, Lily, die Souschefin, hat das mitbekommen, und weißt du, was sie gemacht hat?«

Der Hund wusste es nicht.

Ich legte eine kurze, dramatische Pause ein, dann erzählte ich ihm, wie dieser Koch von seinen Kollegen wie ein Pferd, dessen Hufe beschlagen wurden, festgehalten wurde, während Lily seine Zungenspitze mit einem Spargelschäler bearbeitete. Ich versuchte, in seinem Blick zu erkennen, ob er die Botschaft verstand, ob er kapierte, dass man die chronisch gestressten und bis zu den Haarspitzen mit billigen Chemikalien vergifteten Köche nicht reizen sollte.

Von der Straße konnte man das pulsierende Rauschen der Autos auf dem nächtlichen Asphalt hören. Aus der Ferne kreischte die letzte Bahn auf den Gleisen, der Himmel über uns leuchtete dunkelviolett und friedlich, keine einzige Wolke war zu sehen.

Dann flog die Türe des El Cion auf. Heraus trat Lily, und hinter ihr kam Said, mit dem Finger zeigte er in unsere Richtung.

»Der da«, sagte Said, er meinte den Hund. Hinter den beiden drang der sanfte Geruch von gesalzenen, angebratenen Schalotten aus der Küche durch die offene Türe, Lily wischte sich die Hände an ihrer Schürze ab und winkte uns zu sich. Ich wollte wegrennen, aber ich konnte mich nicht bewegen. Umständlich versuchte ich mich zu entschuldigen, dass es uns leidtue, dass wir gleich weg seien und dass der Hund bloß einen Scherz machen wollte, doch Said unterbrach mich, wir sollten herkommen. Jetzt. Sofort.

Willenlos wie Vieh auf dem Weg zur Schlachtbank gingen wir ein paar Schritte auf Said und die eiserne Lily zu, ich versuchte zu lächeln, Said zeigte wieder auf den Hund, der hier sei es gewesen.

Lily musterte ihn, in ihrem Gesicht lag weder Neugier noch Langweile, ihr Blick war kalt und nüchtern, wie bei einem Holzfäller, der mit einer Axt in der Hand einen Baumstamm abschätzte. Said neben ihr hatte jegliche Souveränität verloren. Noch vor wenigen Minuten, als wir mit ihm alleine auf dem Hof standen, da hätte man meinen können, er wäre der Kapitän des Schiffes. Doch jetzt, neben der eisernen Lily, flüsterten seine hochgezogenen Schultern hinter vorgehaltener Hand, dass er nur ein einfacher Commis war, das unterste Glied der Brigade, ein Fußsoldat, Kanonenfutter, austauschbar wie eine beschmierte Papierserviette.

»Was hast du vorhin gesagt?«, fragte Said den Hund. »Wiederhol noch mal, was du vorhin gesagt hast.«

Der Hund wollte etwas von sich geben, doch dann brach er ab und blickte mich fragend an, er hatte allmählich begriffen, dass er heute Abend Mist gebaut hatte, und wollte nicht noch einen weiteren Fehler begehen. Dann fing er noch einmal an und brach wieder ab.

»Was hat er gerade gesagt? Ich verstehe kein Wort«, bohrte Said nach.

Man konnte die Spannung auf dem Hinterhof knacken hören, wie einen Bogen, dessen Sehne bis zum Anschlag durchgezogen wurde, so weit, bis das Holz anfing zu ächzen.

Er würde Leute kennen, er könne Singvögel holen, sagte der Hund.

»Was holen? Was willst du holen?«, fragte die eiserne Lily tonlos.

Ein ekelhaftes Schweigen breitete sich aus, die ersten Splitter und Risse zogen sich durch das Holz des Bogens.

Alles. Er könne alles holen. Singvögel. Kaviar. Alles könne er holen, alles, sagte der Hund. Ich starb tausend Tode.

Ich wusste nicht, wie viele Lieferanten schon auf diesem Hof auf- und abgetreten waren. Fischlieferanten, Fleischlieferanten, Expresslieferungen von irgendwelchen Zutaten, die plötzlich in der Mise en Place fehlten, weil einer der Postenchefs vergessen hatte, sie in die Auffülllisten einzutragen, Boten, die legale und illegale Zutaten und Delikatessen herbeischafften, Typen, die einem auf Rechnung oder Vorkasse zentnerweise Pakete von Schwertfisch auf Eis und in Plastik geschweißten Kalbslenden abluden. Fischlieferanten waren immer gut drauf und hatten es immer eilig, keine Ahnung wieso. Die Gemüsehändler redeten in der Regel wie die Waschweiber und kommentierten jede Apfelsorte und jeden Strunk, als ob man sie darum gebeten hätte, und die Lieferanten, die illegales Zeug herbeikarrten, das waren in der Regel stinkende

Typen, die auch ihre Töchter vermieten würden, wenn man ihnen mit einem Fünfziger zufächelte. Typen, die mit windigem Blick um die Kurven krochen und die sich schon in ihrer Kindheit an den Gedanken gewöhnt hatten, dass in der Hölle längst ihr Name an einer Stuhllehne klebte und man in aller Ruhe abwartete, bis sie angewatschelt kamen, mit ihren krummen Füßen und dem demütigen Blick eines Opfers. Aber der Hund war kein Opfer, er war wie ein bösartiger Raubvogel, der seelenruhig wartete, bis er zuschlagen konnte. Lily erkannte auf den ersten Blick, dass er kein Dealer war, kein verzweifelter Glücksritter, der Zugang zu heißbegehrten Zutaten hatte. Vor ihr standen zwei Irre, die sich um Kopf und Kragen redeten und die keine Ahnung hatten, auf was sie sich hier gerade einließen, Said bemerkte seinen Fehler und zitterte am ganzen Leib. Während Lily wieder in die Küche stiefelte, lief er ihr so dicht hinterher, dass er fast über ihre Hacken stolperte. Was er vor sich hin stammelte, konnte ich nicht verstehen, es ging im Geklapper des ausklingenden Feierabends unter. Die Tür zum Hinterausgang der Küche knallte zum zweiten Mal vor unserer Nase zu. Inzwischen war der Mond aufgegangen. Rund und schwermütig kippte er sein rotes Licht wie glühenden Brei hinunter auf die dunklen Dächer. In der Ferne hörte man ein besoffenes Pärchen streiten. Die ersten Nachtgestalten waren aus ihren Verstecken gekrochen und rotteten sich im Schatten der Hauseinfahrten zusammen.

5

DER GERUCH von südafrikanischen Streifengnus und Königsgeparden und Koalabären lag in der Luft, beizend und schwer und vermischt mit dem süßlichen Gestank der Orchideen am Rand des Fußweges. Von Kameras war weit und breit nichts zu sehen, scheinbar interessierte sich kein Mensch dafür, was hier nach den offiziellen Öffnungszeiten vor sich ging, in eines der Gebäude kamen wir ohne Probleme rein.

Im Schein meines Handys stolperten wir durch die Gänge und versuchten, die Schilder neben den Aquarien zu lesen, mein Akku hatte noch sieben Prozent, und ich stellte mir vor, dass ein paar bekiffte Wärter, vertrottelte, ungeimpfte Hippies und Tierliebhaber, nachts die Großkatzen frei durch die Gänge stromern ließen, man müsse ihnen Auslauf gewähren, den armen Tieren, das wäre das Mindeste, was man für sie tun könne, das seien wir Homo Sapiens ihnen schuldig. Morgen vor Sonnenaufgang würde man sie dann wieder einfangen und in ihre Käfige sperren, diese barbarische Enge hätten sie nicht verdient, die armen Täubchen. Gelangweilt vom Beton in ihren Käfigen, auf der Suche nach Abenteuer und frischem Blut, bereit, alles und jeden auf ihrem Weg zu zerfleischen, würden die Leoparden und Löwen Jagd auf alles machen, was sich bewegte, ihre Killergene waren immer noch knallwach und quicklebendig, ihre Fangzähne scharf wie eh und je, und ihre Urgroßväter wären stolz auf sie gewesen, ich schiss mir fast in die Hose.

In einem entlegenen Becken fanden wir eine Kröte, die es dem Hund angetan hatte. Mit dem metallenen Griff seines Springmessers hämmerte er gegen die Panzerscheibe, als läge dahinter die Freiheit. Ich hatte ihm erklärt, wie rar dieses Exemplar in Deutschland war, wie giftig das Sekret dieser Kröte und wie lähmend und narkotisch der Geschmack ihrer Haut im Rachen wirkte. Diese Sorte war sogar in Japan verboten, allerdings nicht wegen irgendeinem verkackten Tierschutzgesetz, sondern zum Schutz von nackten Menschenleben. Wenn man zu viel von ihrem Schleim erwischte, kratzte man noch im Restaurant ab. Ein paar winzige Tropfen konnten die sexy Taubheit von Koks verursachen. Ein paar Mikrotropfen zu viel, und der Patient konnte seiner Lunge dabei zuschauen, wie sie wie ein eingeschlafener Arm, ein lebloser und fremder Lappen, den Kampf im Brustkorb aufgab. Jīn-Wā-Kröten waren nicht deshalb verboten, weil ihre Art am Aussterben war. Jīn-Wā-Kröten waren verboten, weil in Tokio jede Woche ein Dutzend reiche, gelangweilte Manager mit blauen Köpfen und panischen Augen in den hinteren, abgetrennten Räumen der edelsten Restaurants wortlos nach hinten kippten und liegen blieben. In dem Moment, in dem sie auf den Boden knallten, lohnte es sich schon nicht mehr, einen Arzt zu holen, der Tod tritt bereits nach wenigen Sekunden ein.

Das Panzerglas hatte nicht mal einen Sprung bekommen. Ich hatte Kopfweh und rieb mir die Stirn, die fette Kröte glotzte uns mit ihren leeren Augen an, schließlich gab der Hund auf, und mit dem letzten Tropfen Strom meines Handys bahnten wir uns den Weg zum Vogelhaus und fanden die Ortolane.

Ich kenne mich in der Küche aus, ich habe schon so einiges gesehen, aber ich war mir trotzdem nicht sicher, ob diese kleinen, gefiederten Bengel im Käfig die richtigen Exemplare waren, ob es wirklich die gleiche Sorte war, für die Chefköche aus aller Welt Unsummen auf den Tisch legten.

Unter mediterraner Sonne lagen sie auf staubigem Boden, aufgereiht wie auf einer Schnur. Aufgebahrt auf einem Beamtentisch im Zoll oder von zahnlosen Bauern stolz in die Kamera gestreckt. Eines der Bilder aus dem Netz hielten wir neben die Anzeigetafel und kniffen die Augen zusammen. Noch bevor ich einen Plan aushecken konnte, hatte der Hund bereits eine Mülltüte aus dem Korb am Rande des Weges gefischt und ausgeleert. Eistüten, Windeln, und Familienpackungen von Süßigkeiten knallten auf den Boden, und als der Hund über die Absperrung kletterte und anfing, mit seinem Messer den Maschenzaun zu bearbeiten, wachten die todgeweihten Viecher auf und fingen an zu zetern, ihre mattgelben Bäuche leuchteten im kalten Schein meines Handys. Mit der leeren Tüte zwischen den Zähnen und mit starrem Blick auf die Ortolane sägte der Hund, was das Zeug hielt, schließlich hatte er eine Lücke freigelegt, dann gab mein Handy auf.

Rings um uns herum türmte sich die schwarze Nacht bis zum Himmel empor. Nur das fahle Licht der Stadt lag über den dunkelgrünen Zypressen, den chinesischen Kirschbäumen und den schwarzgrauen Betonbunkern, dem Reich der Großkatzen und Dickhäuter, der Heimat der Ozelote und Rhinozerosse. Das Geschrei der Vögel war ohrenbetäubend, den Viechern wurde klar, dass ihr Ende nahte, der Käfig war niedrig, sie hatten keine Chance zu entkommen. Wie ein gieriger Hühnerhabicht stieg der Hund durch die Lücke und stopfte das kreischende, flatternde Fallobst in seine Plastiktüte, ein paar von ihnen zerhackten ihm die Hand, aber er schien nichts zu spüren. Ich stand draußen vor dem Käfig, sah mich nach Überwachungskameras um und passte auf, dass keines der kleinen Biester durch die Lücke im Zaun entkam. In der Nachbarschaft wachte ein Lama auf, blökend rief es den Ortolanen Mut zu.

Die letzten Stunden des Abends im El Cion waren angebrochen. Der Laden hatte sich weitestgehend geleert. Nur ein paar hartnäckige Gäste hatten sich am Wein festgebissen und schwelgten in sentimentalen Erinnerungen. Ein Chef, alleine am Tisch mit seiner Sekretärin, ging davon aus, dass er für die ganzen Scheine, die er heute Abend auf den Tisch legen würde, Jessie, der Empfangsdame, von seinen langweiligen kulinarischen Abenteuern auf Dienstreise erzählen konnte, in Wirklichkeit war seine Geschichte aber für die Ohren seiner Sekretärin gedacht. Wie eine besoffene Spitzmaus kicherte sie bei jedem Satz ihres Chefs, in wenigen Minuten würde sie mit gespreizten Beinen in einem Hotelzimmer liegen, während ihr Chef im Badezimmer seinen leblosen Schwanz verfluchte und mit zitternden Fingern eine weitere kleine blaue Pille aus der Brieftasche fischte, obwohl ihm sein Arzt davon abgeraten hatte.

Eine kleine Gruppe wurde zur Tür gebracht, in ihrer Mitte schwankte ein mickriger, drahtiger und exzentrischer Rockstar, seine Augen waren blau geschminkt, und seine Haare standen wie nach einem Stromschlag in alle Richtungen, sein Style kam dreißig Jahre zu spät, aber trotzdem war er weltberühmt, sein Name war eine Marke, ein Produkt, und seine Entourage schwebte um ihn herum wie Möwen um ein Schiff. Man bedankte sich für den Besuch, man hoffte, dass es geschmeckt hatte, ja, das habe es, was für ein außergewöhnlicher Abend, die Foie Gras sei eine Offenbarung, eine lifechanging experience, nein, wirklich.

In der Küche wurden Espressos zum Runterkommen verteilt. Die Spüler hatten begonnen, den Arbeitstag wegzuwaschen. Ihr

Geklapper drang leise und schüchtern durch die angelehnten Fenster nach draußen auf den Hinterhof.

Köche, die mit ihrer Arbeit fertig waren und ihren Posten bereits so sauber gemacht hatten, dass man morgen früh eine Blinddarmoperation darauf vornehmen könnte, standen rauchend vor dem Hintereingang und starrten auf den Boden, die verschwitzten Haare klebten ihnen an Stirn und Nacken, die obersten Knöpfe waren offen, man rang nach Luft, man war erschöpft, aufgekratzt, gereizt, müde und erleichtert. Aus der Ferne sahen die Köche in ihren Küchenuniformen wie reglose weiße Schatten vor der kargen Betonwand des Rückgebäudes aus. Nur ab und zu glomm ein roter Punkt vor ihren dunklen Gesichtern auf, und dann stieg blasser Rauch empor.

Erst als wir mit unserer Beute nahe genug gekommen waren, so nahe, dass die Köche die Schreie der Vögel in unserer Plastiktüte hören konnten, löste sich einer der weißen Schatten aus der Gruppe, trat ein paar Schritte auf uns zu und versperrte den Weg. Es war die eiserne Lily, sie war nicht dumm, sie wusste sofort, was in der Tüte herumzappelte und warum wir zurückgekehrt waren, wie selbstverständlich wollte sie dem Hund die Tüte abnehmen, doch der Hund ließ nicht los.

Er wolle den Chef sprechen, ob sie wohl der Chef sei, ob sie Valentino sei, fragte der Hund. Lily ließ eine Pause aufkommen, sie war es nicht gewohnt, Fragen von Zivilisten zu beantworten, doch schließlich antwortete sie.

»Nein. Souschef.«

Der Hund sagte, er wolle Valentino, er wolle den Chef, nicht den Souschef.

»Gib die Tüte her«, zischte ich ihm zu, doch der Hund ließ nicht locker, Lily und Said merkten, dass sie uns unterschätzt hatten.

Ein bleiernes Schweigen stand reglos auf dem Hinterhof, niemand rührte sich, mit starrem und leerem Blick bohrte sich der Hund in Lilys Kopf, nur das Kreischen und Piepsen der Vögel war zu hören.

Schließlich trat sie kopfschüttelnd zur Seite und winkte uns, ihr zu folgen. Wir gingen ihr hinterher, ein paar der Köche schlossen sich unserem Tross an. Wir stiegen die Stufen zum Hintereingang empor, wir schritten durch den Gang, rechts zogen wir an der Klotüre vorbei, hinter der Said noch vor ein paar Stunden das Ritalin von mir gekauft hatte. An den Wänden des Gangs drängten sich Kartons mit Nahrungsmitteln aus aller Welt, Granatäpfel aus Sri Lanka, in dickes Plastik eingeschweißte Lotte de Mer aus Neufundland, wenige Stunden nach dem Fang verpackt und eingeflogen, Kästen mit Wein und teurem Mineralwasser, für die im Keller kein Platz mehr war, stapelten sich bis unter die Decke. Am Ende des engen und kurzen Gangs traten wir durch eine kleine Tür in die Küche.

Die Küche des El Cion.

Die Küche von Valentino.

Abgewetzte Arbeitsplatten, Töpfe aus Edelstahl, geputzt, gewienert und millionenmal poliert. Alles war aus schwerem und bestem Edelstahl, Gusseisen und Chrom, das gleißende Licht der Neonlampen fiel von der Decke und kroch in jeden Winkel, es roch wie eine Mischung aus Labor, Schlachterei und exotischem Basar.

Die Köche säuberten ihren Arbeitsplatz. Ein wilder Haufen von Deserteuren, Tagelöhnern und Dieben, gestrandete Existenzen aus der ganzen Welt in verschmierten und verschwitzten Kochuniformen starrten uns an, keiner wusste, warum uns Lily in den Bauch des El Cion eintreten ließ.

Er saß am anderen Ende der Küche an einem kleinen Tisch und ging die Lieferungslisten durch.

Er hatte millimeterkurze Haare. Tattoos, die irgendwelche Affinitäten zu Gangs, Logen oder Familienzugehörigkeiten bestätigten, waren auf Fingerknöcheln, Hals und Unterarmen verstreut wie Narben.

Seine Augen waren müde und aggressiv und getrieben von einer rastlosen Suche nach tiefer Ruhe. Er hatte die Ausstrahlung eines Menschen, der mehr erlebt hat, als ihm noch Zeit bleibt, davon zu erzählen, und sein kalter Blick schien jedem in seiner Nähe die Schuld dafür zu geben, dass er keinen Frieden fand.

Lily gab uns ein Zeichen, nicht noch näher an ihren Chef heranzutreten, schließlich drehte er sich zu uns um und blickte uns an.

Wir standen keine drei Meter von ihm entfernt.

Höchstens dreieinhalb.

Auf keinen Fall mehr.

So wie Said, als er neben Lily stand, so hatte nun auch Lily in Gegenwart ihres Chefs jegliche Autorität verloren und ordnete sich demütig ihrem König unter.

Wir seien Freunde von Said, stellte uns die eiserne Lily vor.

»Das sind nicht meine Freunde«, rechtfertigte sich Said hastig, »ich kenne nur den hier«, und zeigte auf mich. Valentino blickte auf die zappelnde und quietschende Plastiktüte und schien sofort zu verstehen, warum wir hier waren, warum wir Zugang erhalten hatten und warum man uns ins Herz des El Cion geführt hatte.

»Warum ist die Türe da hinten noch offen? Alle raus hier«, murmelte er. »Du, du und du hier, ihr alle, raus hier. Los!« Augenblicklich drückten sich die restlichen Köche durch den Hinterausgang hinaus, und Sekunden später war die Küche leer.

Lily stand hinter uns, als wollte sie den Weg abblocken, falls wir fluchtartig den Raum verlassen wollten. Mir war nicht wohl bei der Sache. Ich hatte schon viel in meinem Leben durchgemacht, aber jetzt war mir schlecht, mit meinem Bauch war irgendetwas nicht in Ordnung, ich hätte mich gerne hingesetzt.

»Kenne ich euch zwei kleine Stricher nicht von irgendwoher? Habt ihr nicht neulich im Speisesaal gesessen? Ohne Kohle?«, fragte er uns.

Ich dachte, ich müsste sterben.

»Ja …«, sagte ich und wollte mich erklären, doch Valentino wischte mein Gestammel mit einer einzigen Handbewegung weg.

»Und jetzt kommt ihr hier mit einer Mülltüte rein, nicht schlecht, nicht schlecht. Zeig mal her!«

Valentino schob Papiere, Listen und Unterlagen zur Seite, damit der Hund die Tüte auf den Tisch legen konnte, dann öffnete er sie vorsichtig, sodass keiner der Vögel entweichen konnte und schaute hinein.

»Wo habt ihr die denn her? Welches Arschloch verkauft denn halb tote Ortolane?«

Ich suchte hastig nach einer Antwort, doch noch bevor mir etwas einfiel, zeigte der Hund auf mich und sagte mit seiner kehligen Stimme, dass meine Cousine beim Zoll arbeiten würde, am Flughafen.

Ich war überrascht. Ich hörte das zum ersten Mal. Valentino sah mich an.

»Ach ja? Beim Zoll? Wirklich? Und was kommt da so rein, beim Zoll?«

Alles. Jeden Tag. Alles, aber es sei nicht einfach. Überall seien Kameras, aber wir könnten alles holen. Alles, sagte der Hund, er war noch viel abgefuckter, als ich dachte.

»Seine Cousine?«, fragte Valentino und zog eine Augenbraue nach oben.

Ja. Sie würde einen Beamten ficken. Am Zoll. Sie könne alles holen. Spezialdelikatessen könne man holen. Alles, sagte der Hund.

Valentino schien, als ob er mich erst jetzt erst richtig wahrnähme, so als wäre ich gerade eben in die Küche getreten.

»Deine Cousine fickt die Beamten der Asservatenkammer am Zoll?«, fragte mich Valentino, ich nickte.

»Klar, was denn sonst?«

Mitten im Satz musste ich hart schlucken, meine Zunge schmeckte nach Pappe, mein Hals war so trocken, dass es knallte, ich versuchte, Spucke hinunterzuwürgen. Die eiserne Lily wurde misstrauisch und starrte mich in Grund und Boden.

Wir könnten Goldkröten holen, legte der Hund nach, und dann fragte er mich, wie diese Kröten noch einmal hießen.

»Jīn Wā«, krächzte ich.

Eine Ewigkeit sprach niemand ein Wort. Valentino holte tief Luft, es war ein Seufzer, als wollte er sagen: »Na, dann wollen wir uns das Ganze mal genauer anschauen, nicht wahr?«

Er lehnte sich nach vorne und öffnete die Tüte einen kleinen Spalt. Auf seinem Handrücken war das Motiv einer Schlange vor einer aufgehenden, apfelförmigen Sonne zu sehen.

»Wie viele sind denn das?«, wollte er wissen.

Man wisse es nicht. Manche seien vielleicht schon tot, man wisse es nicht. Sieben oder acht vielleicht, antwortete der Hund. Dann wandte er sich an mich, ob ich die Vögel gezählt hätte.

Ich schüttelte den Kopf. Auf die Zunge in meinem Mund war kein Verlass mehr. Ich hoffte, dass dieser Idiot endlich aufhörte, mir Fragen zu stellen. Lily las meine Gedanken und kniff ihre Augen zusammen und starrte mich an, während auf meiner Stirn die Lampe eines Lügendetektors hysterisch aufblinkte. Valentino versuchte, die Vögel zu zählen, doch das war nicht so einfach, sie zappelten herum und purzelten durcheinander, wie winzige, blinde Hundewelpen.

Über uns dröhnte die Lüftung, die Neonlampen surrten, mein

Herzschlag hackte Kerben in jeden meiner Atemzüge, hart und trocken wie Holz, Klackklackklack, ich hätte schwören können, dass es jeder im Raum hören konnte, und ich verschränkte die Arme vor der Brust, aber davon wurde es nicht besser. Dann wurde ich rot. Ich weiß, wie ich aussehe, wenn ich rot werde.

»Na ja, wir müssen sie ja sowieso erst mästen. Wer weiß, wie viele von denen überhaupt überleben«, gab Lily zu bedenken. »Keine Ahnung, ob sich das lohnt.«

»Hol den Cabernet, den italienischen«, sagte Valentino zu ihr, »und gib den Scheißvögeln Wasser. Sind denn draußen noch Gäste?«

Er nahm die Tüte, blickte hinein.

»Mann, die sehen total fertig aus«

»Die letzten Gäste zahlen gerade. In ein paar Minuten ist hier Ruhe«, antwortete die eiserne Lily, dann holte sie eine Flasche Cabernet und vier Gläser aus dem Regal, schenkte ein und nahm sich auch ein Glas.

»Auf euch zwei Stricher!« Dann kippte Valentino den Wein in einem Zug hinunter. »Mannmannmann, Ortolane in einer Mülltüte. So was habe ich auch noch nicht erlebt.«

Lily machte sich auf die Suche nach einem käfigartigen Behälter, damit die Vögel wieder atmen konnten, Valentino setzte sich hin und holte tief Luft, als ob er total geschafft sei.

»Also«, sagte er. »Was soll der Spaß kosten?«

Ich war wieder halbwegs bei Kräften, und das hier war mein Part. Ich war nicht der Assistent vom Hund, ich hatte auch was zu melden, woher sollte der Hund auch wissen, was die Dinger wert waren. Ich räusperte mich und legte los.

»Na ja, die zu besorgen war nicht ganz so einfach. Bis vor Kurzem konnte man ja noch Kaviar in Hundefutterdosen im Flugzeug …«

»Wie viel?«, brüllte Valentino.

Ich zuckte zusammen, und noch bevor ich Valentinos Frage beantworten konnte, fiel mir der Hund ins Wort.

»Nichts«, sagte er.

»Was?«, fragte Valentino.

Nichts. Es würde nichts kosten, antwortete der Hund.

»Was?«, fragte ich.

Valentino blickte irritiert in die Runde und wartete auf eine Erklärung, aber weder ich noch Lily hatten eine auf Lager. Erst nach einer Weile wurde uns klar, was uns der Hund sagen wollte.

Anstatt Geld zu nehmen, würden wir hier im El Cion anfangen zu arbeiten, gab er uns zu verstehen. Als Köche, hier, im El Cion.

Valentino blickte Lily an, ob sie ihm diesen Schwachsinn bitte erklären könne.

»Das könnt ihr vergessen, Jungs«, sagte sie unbeeindruckt und machte den Weg frei, damit der Hund und ich ungehindert verschwinden konnten, dann schnappte sich der Hund die Tüte und ging zum Ausgang, ich wusste nicht so recht, was ich tun sollte, es ging alles ein bisschen schnell.

Kein Problem, sagte der Hund. Kein Problem, die Köche vom Gaspar würden die Vögel vielleicht haben wollen, kein Problem.

»Hey«, bellte ihm Valentino hinterher, der Hund blieb stehen.

Valentino stand schwerfällig auf und ging auf ihn zu. »Warte mal. Nicht so schnell. Meine Güte, seid ihr empfindlich.«

6

DIE KOCHUNIFORM passte mir mehr oder weniger, die vom Hund war zu groß. Wir standen in Reih und Glied mit den anderen und hörten uns das Briefing der eisernen Lily an. Das Servicepersonal rechts war ganz in Schwarz – die Köche links waren weiß gekleidet, alle standen, keiner wagte es, sich irgendwo anzulehnen oder zu sitzen. Man hatte den Blick starr auf die eiserne Lily gerichtet, um nichts von ihrem Briefing zu verpassen, Valentino war am Telefon, das El Cion würde in einer Stunde öffnen.

Man habe heute Abend insgesamt zweiundzwanzig Gäste angemeldet, rasselte Lily herunter. An Tisch sechs: vier Personen um 18.30 Uhr von der Societé Goumont. Sie würden Steinbutt essen. Jeweils ein Stück von einem sechs bis sieben Kilo schweren Steinbutt. Gebraten in salziger Butter. Abgelöscht mit Apfelweinessig. Dazu Seespargel, die Barbes de Poisson und Muschelzungen. Der Lauch werde mit Zitronenbutter gedünstet. Die Muschel- und die Lauchbrühe würde man weiterverwenden, mit Butter aufmontieren und mit in Blütenblättern getrockneten Granny-Smith-Äpfeln parfümieren.

Dann wurden die Fackeln am Eingang des El Cion angezündet, mit einem tonlosen »Wuuusch« gingen sie in die Luft. Die Tore wurden geöffnet, ein neuer Tag begann, nach einer Viertelstunde kamen die ersten Gäste, die Räder rollten los, die Kolben setzten sich in Bewegung, der Druck stieg langsam an, es knackte in den Zylindern, die ersten Bons gingen über den Pass, die Filets klatschten zischend in die brüllend heißen Pfannen.

Der Hund und ich waren als Commis im hinteren Teil der Küche eingeteilt, wir trugen die Uniformen des El Cion, wir waren zwei von ihnen. Wir waren keine Zivilisten oder Drogendealer mehr, die man nur aus Gier so lange duldete, wie das Pulver reichte. Wir gehörten zur Brigade. Wir waren im gleichen Raum, in der gleichen Küche, wir atmeten die gleiche Luft wie der große Valentino. Wir hörten ihn schreien. Wir sahen die Schweißtropfen auf seiner Stirn. Wir waren Zeugen, wie glitzernde Kristalle im kalten Licht der Neonlampen über uns durch die Luft flogen. Wir rochen das angebratene Blut aus den Ochsenzungen. Den Dampf der zerlassenen Salbeibutter. Die herben Noten der in milder Hitze dahinschmelzenden Waldpilze. Wenn es tatsächlich einen Gott des Gaumens gäbe, einen bockfüßigen, dauergeilen, hakennasigen, nackten Gott, dem dralle Frauen mit dicken Titten ohne Unterbrechung Weintrauben in den Mund stopften, während sie auf seinem Gesicht ritten, dann würde er jetzt zu uns hinuntergrinsen.

»Gut gemacht, Jungs«, würde er grunzen, »gut gemacht.«

Die Küche des El Cion war ein Moloch aus Blut, Schweiß, Chemikalien, Adrenalin und den edelsten Delikatessen, die man sich vorstellen konnte, der Umgangston war härter als beim Militär, alles rannte und schwitzte, der Hund füllte Chiliöl aus einem großen Vorratskanister in kleinere Behälter.

Als Koch darf man alles essen, was man findet, das ist in allen Küchen der Welt so. So ernähren wir uns, das ist der Grund, warum wir täglich Schichten, vierzehn Stunden am Stück, ohne Mittagspause durchhalten. Wir arbeiten, wir essen, wir trinken, und wir vögeln hier in der Küche. Hier leben wir. Hier ist unser Zuhause. Das andere Zuhause ist kein Zuhause. Das ist nur ein Zimmer, ein Verschlag, eine Ausnüchterungszelle mit einer fleckigen Matratze auf dem Boden, auf der wir versuchen, zu schlafen oder nach einer Ohnmacht wieder zu Kräften zu kommen.

Selbst den ersten Kaffee morgens trinken wir wieder hier in der Küche, in den ruhigen, blassen und zaghaften Minuten, bevor der Laden aufmacht. Wir frühstücken mittags, während wir die Mise en Place vorbereiten. Wir essen, was von den Strünken übrig bleibt, Reste an den Kernen der Mangos, sieben Euro das Stück, geerntet nur wenige Tage, manchmal nur Stunden, bevor sie in unseren Mündern landen, Milchreis von vulkanischem Boden aus der Tasikmalaja-Region auf Westjava, der sich in den Ecken der Töpfe gefangen hat. Wir stecken uns in den Mund, was die Gäste zurückgehen lassen, wir fangen es ab, während wir die Reste von der Arbeitsfläche wischen oder sie auf dem Weg zum Müll sind. All das ist erlaubt, jeder tut es, keiner hat damit ein Problem. Aber niemand wagt es, auch nur einen kleinen Finger in eine Suppe zu stecken oder eine glasierte Johannisbeere zu klauen von einem Teller, der sich in Richtung Pass bewegt.

Der Hund aber schleckte alle Zutaten an, sobald er sie in die Hand nahm, egal, wie oft man ihm dafür auf den Hinterkopf schlug, es half nichts. Er wirkte immer abwesend, als würde er auf ein Geräusch in seinem Mund warten, als hätte sich etwas im Geschmack versteckt wie bei einem Hütchenspiel.

Ständig gierte er nach speziellen Zutaten, als hätte er sie noch nie zuvor gesehen, aber sein ganzes Leben lang gesucht. Ich war zu weit entfernt, um ihm dafür in die Eier zu treten, und ich war damit beschäftigt, die unteren Bereiche der einzelnen Posten abzuwischen.

Eigentlich war die Arbeit unnötig, eigentlich lässt man die Küchenjungs die Posten erst abends reinigen. Und auch dann nur bis hinunter auf Höhe der Knöchel. Alles darunter wird von der Putzkolonne erledigt. Das machte keiner aus der Brigade. Dafür gibt es illegale Einwanderer, die froh sind, wenn sie etwas anders einatmen dürfen, als Betonstaub auf Baustellen oder Lösungsmittel beim Abbau irgendwelcher Messen im Industriegebiet. Ich hatte keine Ahnung, warum ich schon morgens, wenn die Posten noch blitzblank waren, noch einmal wischen sollte, aber egal, ich arbeitete mich von links nach rechts an den Küchenzeilen entlang.

Ein weiteres Gesetz in der Küche ist, dass man den Ranghöheren aus dem Weg zu gehen hat. Hierarchien gibt es überall auf der Welt. Überall. Jeder Betrieb hat seinen Chef, seine Angestellten, seine Untergebenen, seine Hackordnung, seine Aufteilung in unterschiedliche soziale Rassen, aber in der Regel teilen sie sich niemals ein und denselben Raum. In der Regel liegen ganze Etagen, wenn nicht sogar Tausende Kilometer zwischen einem einfachen Handlanger und dem Vorstand einer Firma.

In den Küchen ist das anders. Wie in einem U-Boot oder in einer Panzerkabine drängt sich hier das Fußvolk mit dem Führungspersonal im gleichen, knallengen, mit Sauerstoff unterversorgten Raum. Deswegen gibt es Regeln. Eine davon ist, dass die unteren Ränge den höheren auszuweichen haben, augenblicklich und unaufgefordert. Auch daran hält sich jeder, aber als ich in die Nähe des Hundes kam, schien er überhaupt nicht zu merken, dass er mir im Weg war, stur wie ein Ochse blieb er stehen und war versunken in den Anblick des Öls, zäh und golden gluckerte es in einem kleinen Behälter. Ich rempelte gegen ihn, er schüttete etwas daneben, ich pfiff ihn an, was das solle und ob er keine Augen im Kopf habe. Der Hund hörte mir überhaupt nicht zu. Er blickte durch mich hindurch wie jemand, der in der Dunkelheit nach etwas sucht. Beängstigend und unheimlich war das.

Während ich ihm lebenswichtige Geheimnisse und die Gesetze

der Brigade beibrachte, tastete er mit seiner Zunge den samtigen Glanz des Chilis in seinem Mund ab, versuchte den Geschmack des Öls vom Geschmack des Drecks unter seinen Fingernägeln zu trennen und blickte zurück in die Zeit und an den Ort, als die Schoten unter südlicher Sonnenglut im staubigen Dunst einer Plantage von schwitzenden Hilfsarbeitern geerntet wurden. Kein Wort von mir drang zu ihm durch. Wie eine Mutter, die auf einem überfüllten Bahnhof nach ihrem an der Front gefallenen Sohn suchte, so wühlte sich der Hund durch das Gewirr an Geschmäckern auf seiner Zunge, was er suchte, wusste niemand, nur er selbst schien es langsam, aber sicher zu ahnen.

Spätestens in diesem Moment hätte ich es merken können, ich hätte kapieren müssen, was auf uns zurollte. Das göttliche Talent vom Hund in Ehren und alles schön und gut, aber gemischt mit seiner sturen, absolut undressierbaren Starrsinnigkeit, das war eine giftige, unheilvolle Hochzeit, ein fürchterliches, teuflisches Gebräu.

Ihm die Regeln in der Küche beibringen zu wollen, war, als würde man einem Köter erklären, warum er bei Rot nicht über die Straße gehen durfte. Man konnte ihn schlagen, treten und prügeln, wenn ein rotes Licht brannte, so lange, bis er eines Tages begriff, dass rotes Licht Schmerzen in seinem Gesicht bedeuteten, aber verstanden hätte er den tieferen Sinn hinter der Regel nicht. Ich riss dem Hund den Kanister aus der Hand und schmiss ihm den Lappen an den Kopf.

»Lass mich das machen. Wisch du da drüben weiter.«

Stumpf blickte er mich an.

»Mach jetzt! Da drüben. Wischen.«

Der Hund kapierte zwar nicht, dass ich sein Vorgesetzter war, dass er überhaupt nur wegen mir hier in der Küche sein durfte, aber schließlich machte er sich daran, mit dem Lappen die Sockel der Küchenzeilen zu bearbeiten, er fügte sich, aber verstanden hatte er nichts.

Am frühen Nachmittag holte Lily den Karton mit den Vögeln aus dem Regal und stellte ihn auf die Arbeitsplatte. Der Deckel war mit Luftlöchern zerstochen. Mit einem frischen Geschirrtuch zerrte sie einen der Ortolane aus der Schachtel. Der Vogel blinzelte und zuckte und zwitscherte, und als Lily ihm ganz vorsichtig und fast schon zärtlich mit der Spitze eines Eispickels die Augen ausstach, brach er in Panik aus, Lily operierte ihn mit einer Präzision, als würde sie die Rückseite einer Schweizer Uhr aufhebeln. Wenn Ortolane blind sind, dann fressen sie sich mit Feigen, Hirse und Hafer voll, bis sie platzen. Die Vögel können dann kaum noch stehen, so fett werden sie, und man nennt sie dann »Fettammern« und nicht mehr Ortolane, ich habe das auf Bildern im Netz gesehen, aber noch nie mit eigenen Augen, und dann, wenn sie fett sind, ertränkt man sie in Armagnac.

Eigentlich reicht es, ein Tuch über den Käfig zu legen, sodass es dunkel ist, aber das El Cion hatte Tradition, auch wenn Valentino ein Anarchist war und von früh bis spät versuchte, etablierte Regeln zu brechen oder zu überschreiten, so zelebrierte er doch insgeheim die alte Schule. Der Vogel stand unter Strom und zappelte wie verrückt, winzige Tropfen Blut verklebten die Federn an seinem Kopf. Ab und zu zupfte Lily einen der Vögel an den Flügeln, um zu sehen, ob noch Leben in ihnen war. Sie glaube, es würde noch mindestens ein bis zwei Wochen dauern, bis die fett seien, sagte sie, und dann fragte sie Valentino, ob er sich sicher sei, Nido zum Essen der Fettammern einzuladen, der sei doch noch nie gekommen, das werde er dieses Mal auch nicht, man würde sich nur blamieren, wenn man ihm ständig hinterherlaufe, aua, das Schweineviech habe sie gepickt, die dumme Sau.

Valentino nickte, es sei ihm scheißegal, sie würden Nido trotzdem einladen, so oder so, die Einladung solle noch heute rausgehen, man würde nächsten Samstag die Vögel zubereiten, bis dahin seien sie fett genug.

Am frühen Abend ging ein leichter Sommerregen runter, und als der klare Geruch des nassen Staubs durch die offenen Fenster drang, begann der allabendliche Ansturm.

Valentino stand am Pass und nahm die Bons entgegen. »Dreimal Havel-Aal-Tatar. Einmal mit extra Senf. Einmal Kalbsfilet. Zwei Hagebutten-Feldsalat …« Die eiserne Lily pinnte die Zettel mit ihren nassen Fingern an den Galgen und bewegte stumm ihre Lippen, ob sie lautlos die Bestellungen wiederholte oder das Ave-Maria herunterbetete, wusste man nicht.

»Was ist mit dem Ragout?«, bellte Valentino durch den Raum. Es zischte und dampfte, die Luft war zum Schneiden dick.

»Zweieinhalb Minuten, Chef«, brüllte Sergej, der pockennarbige ukrainische Rotisseur, von irgendwo aus dem hinteren Teil der Küche zurück.

»Trüffelsoße?«

»Vier Minuten, Chef«, brüllte der Saucier aus einer anderen Richtung.

Man hatte den Hund und mich an die Posten zur Unterstützung eingeteilt, der Hund stand an einem Herd und röstete Brotwürfel, ich stand neben ihm, ich stopfte Füllung in Wachteln, wie ein Luchs passte ich auf, dass der Hund nichts falsch machte, ich war für ihn verantwortlich und beobachtete jede seine Bewegungen, notfalls hätte ich noch rechtzeitig eingreifen und das Ruder herumreißen können.

»Immer bewegen. Das muss immer in Bewegung sein, sonst brennt es an. So hier.« Ich ließ von meiner Füllung ab und zeigte dem Hund, wie er die zentimetergroßen Brotwürfel in Bordier-Butter und einem Esslöffel Frantoio-Franci-Öl in einer Pfanne zu rühren hatte, bis sie schließlich die Farbe eines kalifornischen Sonnenuntergangs bekamen.

»Was ist mit den Croutons?«, dröhnte Lily vom Pass.

Mit einem Schlag standen wir mitten im Licht ihres Suchscheinwerfers, ich ließ die Pfanne vom Hund auf die Herdplatte knallen und sprang zurück an meinen Platz. Der Hund wusste nicht, dass Lily eine klare, präzise Zeitangabe von ihm erwartete, laut genug, dass man ihn durch den vernebelten Lärm der Küche hören konnte, stattdessen roch er an einer Dose mit grünen Gewürzen.

»Zwei Minuten«, soufflierte ich ihm.

Er blickte mich fragend an.

»Sag zwei Minuten, verdammte Scheiße«, zischte ich, als würde ich einem Klassenkameraden bei einer mündlichen Prüfung helfen.

Zwei Minuten?, wiederholte der Hund murmelnd, nicht einmal laut genug, dass ich ihn hören konnte, geschweige denn die Irren vorne am Pass.

»Croutons, verfickt noch mal?«, kreischte Lily. Sie war es nicht gewohnt, eine Frage zweimal stellen zu müssen.

»Zwei Minuten, Chef«, brüllte ich statt des Hundes, Lily warf uns einen bitteren Blick zu.

Wie schon in der Imbissbude wirkte der Hund wie weggetreten, er hatte ein violett-rötliches Pulver entdeckt und schleckte daran wie ein Neandertaler, der herausfinden will, ob die Wurzel in seinen Händen genießbar ist. Da war wieder dieser blinde Blick in seinen Augen, so als ob er die Welt, die Menschen, ihre Ängste, ihre Sorgen, die Vergangenheit und die Zukunft um sich herum nur noch über den Geschmack auf seiner Zunge wahrnehmen könnte. Ich riss ihm den Pfeffer aus der Hand und stellte ihn zurück.

Lily war gerade dabei, ein Kalbsfilet zu tranchieren und schnitt sich böse in die Hand.

»FUCK!«, brüllte sie und spie Gift und Galle, dunkel, pulsierend und dick sprudelte das Blut aus der Quelle in ihrer Hand.

Romanov, dem Gardemanger, einem von Kopf bis Fuß tätowierten Berg von Mann befahl sie, er solle ihren Posten übernehmen, hier, das Kalbsfilet solle zweieinhalb Zentimeter dick tranchiert werden, aua, diese arschgefickte Kalbswichse, fluchte sie vor sich hin. Auf Romanovs speckigem Stiernacken prangte das Tattoo einer Schlange, die in eine apfelähnliche Sonne biss, mächtig zog es sich bis zum Hinterkopf hinauf. Romanov verließ seinen Posten und machte sich daran, das Kalbsfilet mit Lilys blutigem Messer weiter zu zerlegen, es war längst fällig für den Pass, für wenige Sekunden wurde es noch einmal von beiden Seiten auf einer rot glühenden Platte scharf angebraten, dann ging es zu Valentino, der löschte das Fleisch mit einem Château Lafite, wischte mit einem frischen Tuch Lilys Blut vom Tellerrand und schickte das Gericht los. Was mit den Erdbeeren sei, fluchte er in den Raum hinter sich, ob man die schon geeist hätte, ob genug Stickstoff da sei, da hinten müsse noch eine Flasche stehen.

Einer der Commis klebte Lily die Hand mit Gaffatape zu, dann zog sie sich einen Latexhandschuh über, sodass das hervorquellende Blut nicht weiter auf die Teller tropfen konnte. Valentino begutachtete fassungslos ein Filet, das gerade vor ihm auf den Pass gestellt worden war. Tief beugte er sich hinunter, die Ränder waren hellrosa.

Was denn das für eine Scheiße hier sei, brüllte er, das sei ja noch roh, wer verfickt noch mal sei dafür verantwortlich?

Das sei er gewesen, Chef, antwortete Sergej tapfer und trat nach vorne, als wäre er ein einfacher Soldat, der sich seinem Offizier, seinem Richter, seinem Schöpfer und Henker stellte. Keiner der Köche blickte von seiner Arbeit hoch, man hatte Angst, in Mitleidenschaft gezogen zu werden. Ich musste an Geiseln in einem Flugzeug denken, ihnen würde es nicht anders gehen, wenn einer von ihnen den Gang entlang, nach vorne zu einem der Terroristen treten müsste, wer jetzt Aufmerksamkeit erregte, war selbst schuld.

Näher, pfiff Valentino, Sergej stand so nah vor ihm, dass man es mit der Angst zu tun bekam. Hätte man eine Papierserviette zwischen die Nasenspitzen der beiden geklemmt, sie wäre nicht heruntergefallen. Dann holte Valentino tief Luft, rasselnd saugten seine Lungen literweise Sauerstoff in sich hinein, gleich war es so weit, dann brüllte er Sergej aus Leibeskräften und so laut ins Gesicht, dass Sergej unwillkürlich die Augen schloss, er solle sich verpissen, er sei eine dumme Fickfresse.

Mit dieser Information drehte sich Sergej um und trat ab, drei Schritte weit war er gekommen, drei Schritte weit konnte er sich von Valentino entfernen, dann schrie Valentino, er solle wieder zurückkommen. Die Schikane ging weiter, diesmal brüllte er noch lauter, so laut, dass sich ein Arzt Sorgen um seine Stimmbänder gemacht hätte, und er schlug nach Sergej wie nach einem räudigen Vieh, er solle sich verpissen, er sei eine dumme Fotze, abhauen habe man gesagt, brüllte er und warf Sergej das Fleisch hinterher, es verfehlte ihn nur knapp und schlug wie ein Dumdumgeschoss auf einen Posten weiter hinten im Raum, riss einen Topf mit zerlassener Butter vom Herd, schlitterte über die Kante, Kevin sprang gerade noch rechtzeitig zur Seite, dann landete das Filet klatschend auf dem Boden, er solle nicht hinschauen, er solle weitermachen, warnte ich den Hund und drückte seinen Kopf wieder runter, als er nach dem Fleisch auf dem Boden schielte, Said schälte Kartoffeln und wippte wie ein Idiot mit dem Kopf zum Takt der Musik auf seinem Handy, das neben ihm lag. Elektronische Tanzmusik, richtig gut, von Göttern komponiert, »I need you by my side, every day and every night«. Said kannte die Lyrics, er verstand ihren tieferen Sinn, die Erinnerung übermannte ihn, und Tränen kullerten ihm über das Gesicht, Conny steckte ihren Kopf durch den Pass, was denn mit dem Aal sei, wie lange das denn noch dauern würde, die Gäste wären kurz davor zu meutern.

Punkt Mitternacht brachten wir den Kahn in den Hafen, über zweihundertfünfzig Essen waren rausgegangen, und gegen ein Uhr morgens krochen wir von der Galeere, als hätte man jedem von uns eine Handvoll Rückenwirbel abmontiert, halb blind vor Schmerzen schleppten wir uns auf die Straße, im Nebel kippten wir die klaren Schnäpse, die uns Romanov auf den Tresen irgendeiner Bar in der Nähe des El Cion knallte, wie und wo wir schliefen, weiß ich nicht mehr, die ersten Erinnerungen setzen erst wieder am nächsten Morgen ein, als uns das Zischen der Gaggia aus dem Koma erweckte.

Wir hatten uns um die Kaffeemaschine versammelt wie um ein Lagerfeuer, schweigend, die Wunden der letzten Nacht reibend, uns an den Espresso klammernd, als wäre es die erste heiße Tasse Tee nach einer Rettung aus dem ewigen Eis. Langsam kehrte das Leben zurück in meinen Körper, die abgestorbenen Nerven in meinem Rücken wuchsen wieder zusammen, die Sicht wurde klarer, das El Cion öffnete erst in einer Viertelstunde. Wir hatten fünfzehn Minuten Ruhe, fünfzehn Minuten, in denen keiner sprach, in denen keiner eine Frage stellte, in denen wir die Sekunden schätzten und ehrten, als wären es unsere letzten, als wäre man auf dem Sterbebett und könnte endlich die Bedeutung und die Gnade eines Augenblicks erfassen und genießen, mir war, als läge ich auf der Intensivstation, ein Arzt hätte sich zu mir heruntergebeugt und gesagt, dass ich noch einmal Glück gehabt hätte. Die Kaffeemaschine in unserer Mitte zischte und gurgelte freundlich, die verchromten Hebel klackerten unschuldig und verträumt, der Milchschäumer rauschte wie ein weit entfernter Sturm, sanft und harmlos, zart und liebevoll, fünfzehn Minuten Ruhe, fünfzehn Minuten, in denen ich der Heiligen Mutter danken konnte, bevor ich die Augen wieder aufmachte, bevor ich an diesem neuen Morgen an meinen Posten trat.

Die Woche rauschte vorbei wie im Traum, der Hund und ich lernten allmählich, wo sich die Trittfallen verbargen, wie man die Selbstschussanlagen austrickste, wo die Tretminen vergraben waren, wir stellten uns geschickt an, mehr als einmal konnte ich den Hund daran hindern, richtig Mist zu bauen, und heikel wurde es erst am Ende der Woche, am Samstag, an dem Tag, an dem die Fettammern serviert werden sollten. An diesem Tag schien irgendwie der Wurm drin zu sein, permanent blieben Bestellungen liegen, Beilagen wurden falsch terminiert, die Stimmung war hochgradig angespannt und gereizt, und am späten Nachmittag platzte die Bombe, Conny brachte einen Heilbutt zurück, zum zweiten Mal.

»Heilbutt von Tisch zwölf geht wieder zurück. Wieder zu salzig«, rief sie in die Küche, und dann sprach sie die bösen Worte aus:

»Ich glaube, der Typ ist ein Tester, da draußen auf der Zwölf.«

Valentino zuckte zusammen, als hätte man ihm mitgeteilt, die Ostfront sei gefallen.

»Tisch zwölf. Ein Tester auf Tisch zwölf!«, wiederholte Conny.

»Sicher?«, keifte Valentino sie an, als wäre es ihre Schuld, als hätte sie die Idee gehabt, den Tester persönlich einzuladen.

»Fuck. Fuck. Fuck«, jaulte Lily.

»Ja«, antwortete Conny trotzig. »Er hat die ganze Zeit in sein Notizbuch geschrieben und die Bedienung beobachtet und die Gerichte der anderen Gäste auch.«

Valentino wühlte sich durch das Gedränge zum Pass und schielte in den Speisesaal, um zu sehen, welche Zecke sich an Tisch zwölf eingenistet hatte. Die ganze Zeit über zerrte im Hintergrund ein

Telefon an den Nerven, bewusst wurde es uns aber erst, als Lily abhob und dann Valentino quer durch den Raum zubrüllte:

»Chef, Telefon!«

Ihre Hand lag über der Sprechmuschel, sie war bereits seit einer Woche kaputt, die Wunde wollte und wollte nicht heilen, gestern brach die vom Wasser und Schweiß aufgeweichte, halb offene Narbe auf, das Blut tropfte wieder am Rand des Gummihandschuhs heraus, doch solange es von Lilys Kochuniform aufgesaugt wurde, bevor es auf das Essen tropfen konnte, war so weit alles in Ordnung.

»Die Toiletten hat er auch schon gecheckt«, sagte Conny, »wenn das kein Tester ist, dann weiß ich auch nicht.«

Valentino spähte durch den Pass, am Tisch zwölf sah er die kleine Sau, ein Tester, wie er im Buch stand, zu untalentiert, um selbst etwas auf die Beine zu stellen, zu perfide, um andere Menschen in Ruhe zu lassen, die Sorte, die es liebte, mit dem geringsten Aufwand und der größtmöglichen Überheblichkeit von oben auf andere herabzupissen. Impotent, pedantisch und verklemmt wie ein schlecht geöltes Türschloss, rothaarig und widerlich, saß er mit durchgedrücktem Kreuz im Raum. Er glaubte, er wäre ein König, der sich inkognito unter das Fußvolk mischen konnte und jetzt mal sehen wollte, was die hier so draufhatten, ihn könne man nicht so leicht hinters Licht führen, er habe schon ganz andere um Gnade winselnd auf den Füßen vor sich kriechend erlebt, mit einem fackelgesäumten Eingang und einem pseudofaschistoiden Interieur könne man ihn nicht hinters Licht führen. Auch die Geschichten um den Gast, dem Valentino angeblich ein paar Zähne ausgetreten hätte, glaubte er nicht so recht, das Ganze schmeckte ihm zu sehr nach einem PR-Stunt, heutzutage müsse ja jeder so tun, als wäre er ein Gangster, ihn könne man damit nicht beeindrucken, viel mehr interessierte ihn, was dieser blutige Lumpen auf dem Teller vor ihm zu bedeuten hatte.

7

»JA, DAS IST EINER«, knurrte Valentino, dann brüllte er in den Maschinenraum hinter sich, dass man einen Eisberg auf backbord gesichtet habe, die Maschinen volle Kraft zurück, Ruder hart steuerbord, ein neuer Heilbutt in die Pfanne, kein Salz, nicht abschmecken, Valentino übernehme das jetzt selbst.

»Okay, Chef«, brüllte Sergej zurück.

»Chef, Telefon!«, kam es von Lily.

Valentino nahm den Hörer genervt entgegen, der Heilbutt würde dreieinhalb Minuten brauchen, so lange hatte er Zeit, welcher Wichser würde ausgerechnet jetzt anrufen? Mit zugekniffenen Augen versuchte er zu verstehen, was der Typ am anderen Ende der Leitung von ihm wollte, und dann zog er sich in sein Büro zurück, es schien wichtig zu sein und so, als ob Valentino auf diesen Rückruf gewartet hätte.

»Ja?«, schrie er in den Hörer. Das andere Ohr hielt er sich mit der Hand zu.

Und dann flog die Tür zum Hof auf.

Ich stand mit dem Rücken zum Hintereingang, aber ich konnte an der Reaktion der anderen erkennen, dass da jemand zur Tür hereingekommen war, jemand, der sämtliche Muskeln im Raum kontrahieren ließ, inzwischen hatte ich gelernt, mich ausschließlich auf meine Arbeit zu konzentrieren, so lange, bis man mich direkt ansprach, alle Köche im El Cion machten das so. Niemand drehte sich zum Hintereingang um, niemand blickte von seiner Arbeit auf, alle blieben hart an ihren Aufgaben dran, ein lautloses, stummes Ächzen ging durch den Raum, und als ich mir schließlich doch einen kurzen, präzisen, heimlichen Seitenblick leistete, traf mich der Schlag, unvorbereitet wie ein Presslufthammer gegen den Kehlkopf, Alisha hatte die Küche betreten. Das Mädchen von der anderen Straßenseite, am Tag der Neueröffnung des El Cion, damals, als wir noch im Döner arbeiteten, damals bei Vaslav.

Alisha hatte die Küche betreten, als wäre es ihr eigenes Wohnzimmer. Ihr Parfum und ihr Schweiß schlichen wie süßes Kampfgas durch den Raum und paarten sich mit dem giftigen Gestank unserer Angsthormone. Alisha trug ein zu großes T- Shirt, vorne drauf grinste uns Sonic the Hedgehog an. Ihre Turnschuhe waren alt und kaputt. Sie war fünf Meter von mir entfernt. Sie tat so, als ob sie mich nicht kennen würde, sie ignorierte mich, als wäre ich gar nicht da.

»Alter, das ist sie. Das ist sie! Da drüben. Hinten am Eingang. Das ist sie.«

Doch der Hund checkte überhaupt nichts. Said ließ seine Arbeit fallen und rannte ins Büro, um Valentino mitzuteilen, dass Alisha die Bühne betreten hatte.

Ein Commis, dessen Namen ich mir nicht merken konnte, knallte eine Schüssel Kalbsfond neben mir auf die Platte.

Ob ich die Narbe an Saids Hals gesehen hätte, fragte er mich, während er den Fond in einen Kochtopf schüttete, Valentino habe ihn erwischt, als er zu lange auf Alishas Arsch geglotzt hatte, der Alte sei eifersüchtig wie die Sau, ich hätte keine Ahnung wie sehr, ihm könne es ja egal sein, aber an meiner Stelle würde er Valentinos Frau nicht so anglotzen, als käme ich gerade aus dem Knast.

Diejenigen, die Alishas Blick erhaschen konnten, grüßten schüchtern, freundlich und respektvoll, aber keiner sprach sie an, Alisha war unantastbar.

»Kein Problem«, beruhigte ich ihn. »Kein Thema.«

Endlich blickte sie zu uns hinüber, als hätte sie gehört, worüber wir gesprochen hatten. Ihre Augen waren nicht zu beschreiben. Blau wie der anbrechende Morgen im ewigen Eis. Noch war ich weit, weit unter ihrem Level, viel zu weit, um auch nur einen Funken Respekt und Aufmerksamkeit von ihr zu bekommen, aber der Tag würde kommen. Früher oder später. Eines Tages wäre es so weit. Dann würde sie mir mit roten Backen Bilder aus Umkleidekabinen schicken und fragen, ob sie heute Nacht dieses oder jenes anziehen solle.

Valentino kam aus seinem Büro, um Alisha zu begrüßen, das Telefon weiter ans Ohr geklemmt, Said trottete hinter ihm her. Stopp, stopp, stopp. Das sei ihm scheißegal, unterbrach Valentino den Typen am anderen Ende der Leitung, er solle mit dem scheiß Rehrücken machen, was er wolle, ihn interessiere nur das Herz von diesem Vieh, und er solle nicht so tun, als ob er das zum ersten Mal höre. Als er Alisha sah, machte Valentino eine entschuldigende Geste, die bedeuten sollte, dass er das Telefonat nicht einfach so abbrechen konnte. Zärtlich versuchte er, sie auf den Hals zu küssen, doch sie zog sich dezent, aber unmissverständlich zurück.

»Willst du was essen, Süße?«, säuselte er. Alisha antwortete nicht, sondern ließ sich wie ein Sack Mehl auf einen Stuhl fallen, in Momenten wie diesem wurde ihr wieder bewusst, wie langweilig das Leben mit Valentino und wie anstrengend sein Gebrüll war. Sie schmetterte ihre Haare nach hinten, als wären Kameras auf sie gerichtet, ihre Beine streckte sie wie zwei Schlagbäume quer durch den Raum, niemand durfte hinschauen, wir schwitzten Blut und Wasser.

»AHHHHHHHHHHHH!«

Sergej hatte sich den Unterarm im adrenalingetränkten Chaos verbrannt, er hatte versucht, das Bratenfett über eine Ente zu kippen, kreischend ließ er den Topf fallen, zwei weitere Köche rechts und links neben ihm wurden an den Beinen vom Fett bespritzt, jaulend sprangen sie zur Seite, Sergejs Schmerzen mussten höllisch gewesen sein, er schrie wie am Spieß.

Ein paar Köche und Commis versuchten, Sergej die Uniform vom Leib zu zerren. Sein Ärmel hatte sich mit kochend heißem Fett vollgesaugt. Völlig unbeeindruckt starrte Alisha auf ihr Handy, sie dachte nicht daran, ihre Beine an sich heranzuziehen, jeder, der nicht aufpasste, konnte in der um sich greifenden Panik darüber stolpern. Valentino heulte vor Wut – den Hörer immer noch ans Ohr gepresst, den Blick auf das Blutbad um Sergej herum gerichtet, versuchte er, es seiner Luxusfrau recht zu machen, und dann beging er den größten, folgenschwersten Fehler seines Lebens.

Hätte Valentino in dieser Sekunde nicht den Hund, sondern jemand anderen damit beauftragt, Alisha zu bekochen, dann hätte man den Lauf der Dinge vielleicht noch aufhalten können. Doch Valentino konzentrierte sich nur darauf, dass die nächsten Bestellungen rechtzeitig ausgeliefert, die Arbeitsschutzbehörde nicht am nächsten Tag auftauchen und seine Süße wieder eine bessere Laune bekommen würde.

Chronisten, die eines Tages versuchen werden, die Ereignisse im El Cion zu rekonstruieren, werden erzählen, dass dies der Moment war, in dem die Flugzeuge Kurs auf die Türme nahmen, bis hierhin hätte man das Ruder noch drehen können. Jetzt war es zu spät, das Schicksal war zugeschnappt wie eine Mausefalle. Mir war, als hätte ich im Gesicht des Hundes eine Regung entdeckt, als schien er zu wissen, dass seine Zeit jetzt gekommen war.

»Hey, du«, schnipste ihn Valentino zu sich. »Feldsalat, Zitronen, Arganöl, Meersalz und Walnusskerne. Zack, zack!«

Das Klicken seiner Finger war der Schalter, mit dem er seinen eigenen Untergang einläutete, und diese Geste, diesen tragischen Befehl, hätte er nicht aussprechen dürfen, denn auch wenn in der Küche die Frühgeburten der Hölle tanzten, und auch wenn seine Alisha keine Sekunde Geduld mitbrachte, sondern stur auf Rache aus war, so hätte er doch einen anderen Koch als den Hund damit beauftragen können, seiner künftigen Frau einen kleinen Salat zu zaubern. Vielleicht war es der Lieferant am Telefon, der ihn bei den Eiern hatte, vielleicht war es der Tester, der an Tisch zwölf angetreten war, ihm den Verstand zu rauben, aber vielleicht war es auch einfach nur ein lächerlich banaler Moment der Unaufmerksamkeit, wie er jedem Feldwebel passieren konnte, der unüberlegt seinen Kopf aus dem Schützengraben steckte.

»In zwei Minuten fertig, Süße«, blubberte Valentino, dann brüllte er wieder ins Telefon: »Ja! Was denn noch? Ich hab zu tun«, und dann schrie er den Köchen zu – sie sollten kein Wasser nehmen, um Sergejs Arm zu löschen, da seien Keime drin!

Alisha pfiff Valentino an, er solle aufhören, sie Süße zu nennen, tausendmal habe sie heute versucht, ihn zu erreichen, und jetzt lasse er diesen armseligen Commis von der Straße einen Salat für sie anrichten, ob er denn noch alle Tassen im Schrank habe.

Valentino zog sein Handy aus der Brusttasche und starrte auf das Display, das gab ihm etwas Zeit, er würde gleich mit einer charmanten Antwort um die Ecke kommen. Auf dem Handy waren tatsächlich eintausend Anrufe von Alisha in Abwesenheit. Er holte Luft und schob ein Lächeln zwischen sich und Alisha, sein Arzt hatte ihn letzte Woche noch gewarnt, er solle sich nicht so aufregen, sondern weniger Stress an sich heranlassen, und er solle meditieren und langsam ein- und ausatmen und die göttliche Kraft der

Ruhe in sein Leben einladen. Jemand versuchte, Sergejs Beine hochzustemmen, er hatte das Bewusstsein verloren, das müsse man so machen, wenn jemand ohnmächtig sei, müsse man die Beine in die Höhe halten, ein anderer drückte die Beine wieder hinunter, nein, die Beine dürften nicht nach oben, das Blut laufe ja nicht nur zurück in den Kopf, sondern auch in die Arme, und das sei nicht gut, habe man sich die denn mal angeschaut, die würden ja gleich platzen, und im Hintergrund schlug Lily mit einem stumpfen Gegenstand nach dem solariumgebräunten und mit Steroiden aufgepumpten Kevin, warum wusste man nicht so recht, Kevin selbst am allerwenigsten.

Es täte ihm leid, Süße, was solle er sagen, entschuldigte sich Valentino, sie würde ja selbst sehen, was heute Abend hier wieder los sei.

Alisha schleuderte ihm ins Gesicht, dass sie von Lily erfahren habe, dass er heute Nacht die Fettammern zubereiten würde, und dass Valentino Nido eingeladen habe und sie nicht, und warum er ihr nichts davon erzählt habe. Valentino antwortete, es tue ihm leid, aber das letzte Mal hatte sie doch auch nicht dabei sein wollen, und wegen Nido solle sie sich mal keine Gedanken machen, der komme sowieso nicht, und er wisse selbst nicht, warum man Nido überhaupt eingeladen habe.

Ich hatte inzwischen einen Erste-Hilfe-Koffer aus dem Schrank geholt und versuchte mit fiebrigen Fingern, die keimfreien Binden aus der Verpackung zu lösen. Sergejs Bewusstsein war wieder zurück im Ring, er blökte wie ein verunglücktes Rind, aber ich kniete mich nicht hinunter auf den Boden zu ihm, ich blieb stehen, sodass mich Valentino auch noch vom anderen Ende der Küche sehen und bezeugen konnte, dass man auf mich zählen konnte, wenn es hart auf hart kam. Valentino juckte es bestialisch an der Nase, die Wirkung der letzten Line war nur noch eine zaghafte

Erinnerung, seine Kolben liefen bereits seit einer Weile auf blankem Metall, trocken und hohl klang es, wenn man gegen den leeren Tank trat.

Der Hund war zurück, auf seinem Arm trug er die Zutaten, die er für Valentino aus der Kühlkammer und von den anderen Posten holen sollte. Während sich Valentino vor Alisha bog und wand wie eine Blindschleiche auf heißem Asphalt, bereitete der Hund den Salat vor. Genau konnte ich nicht erkennen, was er vorhatte, aber ich sah, dass seine Augen aufgerissen waren, die Geister waren aus der Flasche entwichen, kichernd zitterten sie in der Luft wie heißer Wüstenwind, niemand würde sie zurück in das Glas bekommen, und ich konnte nichts anderes tun, als dem Schicksal dabei zuzusehen, wie es mit der Wucht von Millionen Bruttoregistertonnen über die Weiche donnerte und auf eine Zukunft zurollte, die mir unheimlich war. Ich alleine war daran schuld, ich hatte den Hund in die Arena gelassen, ich hatte ihn in die Nähe der Mikrofone gebracht, wer konnte es ihm verdenken, dass er jetzt danach griff und dagegenpustete und dem Krachen der Rückkopplung lauschte und sich über die Lippen leckte, bevor er loslegte, verstärkt durch gigantische Boxen und hörbar auf der ganzen Welt.

Der Arm von Sergej war aufgeplatzt wie eine Bockwurst. Das Blut floss in Strömen. Die Haut hatte eine seltsame, graublaurotviolette Farbe angenommen, seine Lippen waren blass, und er weinte.

Nach seiner Kreation im Imbiss war es das erste Mal, dass der Hund wieder ein Essen zubereitete, seine Pupillen hatten sich zu stecknadelkopfgroßen Punkten zusammengezogen, die Küche, die Brigade und das Geschrei um ihn herum war in absoluter Bedeutungslosigkeit verstummt.

Als der Hund fertig war, lag ein wahnwitziger, scheinbar wahllos zusammengeschmissener Salat vor ihm, Valentino riss den Teller an sich, zupfte an den Salatblättern herum und versuchte hektisch mit zwei, drei hysterischen Handgriffen ein bisschen Ordnung auf den Teller zu bringen. Er redete sich ein, dass er diesen Komposthaufen als romantische Wildwuchskreation durchgehen lassen würde, dann stellte er den Teller vor Alisha ab, dann krachte die Boeing in den ersten Turm.

Said und ich zogen Sergej aus der Schusslinie, er zappelte wie ein Irrer, und der Boden war rutschig, der Fond war überall verschmiert, und als ich quer durch den Raum zu Alisha hinübersah, hatte sie die Augen geschlossen und ließ die Gabel kraftlos sinken. Offensichtlich war der Geschmack der Kreation des Hundes bereits bis in ihr System, ihre Blutbahn und Kapillaren eingedrungen und entfaltete jetzt seine Wirkung.

Warum Alisha damals das Gericht des Hundes, das Gericht eines einfachen Küchenjungen kostete, habe ich nie erfahren. Als ich von Sergejs bleichem Schädel hochblickte, sah ich, wie sie verharrte, sekundenlang, dann starrte sie den Salat an, sie kaute weiter und atmete tief ein, dann schloss sie wieder die Augen. Ihre Gliedmaßen entspannten sich, und auch wenn man in diesem Lärm und Gebrülle und Geschrei sein eigenes Wort nicht mehr verstehen konnte, so hatte ich sie doch hören können, quer durch den Raum, ein wollüstiges, total versautes und unangemessen lautes Grunzen war durch ihre geschlossenen Lippen gedrungen.

Eine Luke öffnete sich über ihr, Licht strömte hindurch, und mit dem Licht fielen Gerüche, Farben und Geräusche auf sie herab. Es war ihr, als ob sie zum ersten Mal etwas riechen und schmecken könnte. Geschichten und Bilder aus aller Welt kletterten über ihre Zunge und purzelten wie ungeborene Kinder durcheinander, harmlos, ungestüm und nichts ahnend. Die Luft war mild und sanft, Alisha war frei, und selbst ihre hartnäckigsten Selbstzweifel rutschten von ihren Schultern, sammelten sich im Ausguss unter ihren Füßen und wurden davongespült. Links und rechts von ihr saßen Wesen, schuppenartig war ihre Haut, sehnsüchtig blickte Alisha quer über den Tisch zu jemandem hinüber, der in einer weißen Kochuniform hinter einer Ecke versteckt stand und sich das unheimliche Spektakel ansah. Silbrig wie das Innere einer Muschel, schillernd wie ein unsichtbarer Regenbogen glitzerte es nass auf dem Teller vor ihr.

Schließlich kam sie wieder zu sich und seufzte tief, als sie ihre Augen wieder öffnete, sah sie den Hund an. Kalt wie ein Hai erwiderte er ihren Blick. Alisha bewegte sich keinen Millimeter. Nackt und schutzlos saß sie vor ihm und versuchte, langsam und rhythmisch Luft in ihre Lungen zu pumpen, und sie fragte sich, wie er ihr das antun konnte. Ihre Wangen glühten, auf ihrer Oberlippe stand Schweiß. Ihre Haltung erinnerte an jemanden, der mitten in einer Bewegung verharrt war, wie bei einem Schnappschuss, einer Momentaufnahme, in der sie stecken geblieben war, ratlos, wie es weiterging.

Der Einzige, der im Chaos einen Blick für den Heilbutt auf dem Herd hatte, der für den Tester an Tisch zwölf bestimmt war, war der Hund. Unbeachtet und einsam zischte der Fisch vor sich hin und würde in wenigen Sekunden verbrennen. Träge, fett und reglos wie ein Krokodil hatte er auf diesen Moment gewartet. Er wendete das Filet, er bewegte sich sicher und ohne Hast, und lautlos und präzise schlüpfte er durch die Maschen, als wüsste er, dass ihn jetzt niemand mehr aufhalten konnte. Die anderen Köche hatten ihn noch nicht einmal bemerkt, und als Valentino sah, was er tat, war es bereits zu spät. Romanov solle sich um den Fisch kümmern, grölte er durch die Küche, der Hund solle seine verfickten Wichsgriffel davon lassen. Doch Romanov hatte immer noch das Handy am Ohr und telefonierte mit dem Notarzt, hier drin in der Küche war schlechter Empfang. Alisha ließ den Hund nicht aus den Augen, ihr Mund stand offen, die Vinaigrette tropfte ihr von den Lippen und hinterließ hässliche Flecken auf ihrem T-Shirt. Sonic the Hedgehog sah aus, als hätte man ihm den Schädel eingetreten und fettige Suppe flösse aus seinem Kopf.

Der Hund drehte das Feuer höher. Um ihn herum war Stille eingetreten, kein Wort, kein Schrei, kein Gebrüll drang an seine Ohren. Er stand am Grill, und es war, als hätte er sein Leben lang nichts anderes getan. Die Gewürze schüttete er in die Pfanne wie ein Chemiker, der eine Bombe braute.

Alisha legte den Kopf in den Nacken, dass es knackte, und dann zog sie sich ihre fettigen Lippen nach. Neonrot, wie ein Martinshorn, wie eine Baustelle auf einer verregneten Autobahn dröhnte der Lipgloss auf dem mit Öl und Essig verschmierten Mund. Alisha stand auf, ihr war, als hätte sie einen tausendjährigen Schlaf hinter sich. Wortlos schulterte sie ihre Tasche. Sonic the Hedgehog straffte und spannte sich wieder und trug seine hässliche Wunde mit stolz erhobenem Haupt.

Valentino versuchte, sich seinen Weg durch das Chaos zu bahnen, um endlich den Hund vom Heilbutt wegzuzerren.

»Tino?«, flüsterte ihm Alisha zu. Sie war kurz davor, ihm ein vernichtendes, grausames Geständnis zu machen. Ruhig und gefasst blickte sie ihn an, doch ihren Satz vollendete sie nicht. Nicht in dieser Nacht und auch nicht in den nächsten Tagen und auch nicht später, als es schon zu spät war und jeder rannte und versuchte, sich in Sicherheit zu bringen, und auch nicht dann, als tonnenweise Wasser durch einen Riss im Bug des Schiffes eindrang und uns das Wasser bis zu den Knien stand.

Süße, man sei hier um Mitternacht fertig, sagte Valentino.

Bis dahin sei sie schon weg, hauchte Alisha ihn milde lächelnd an. Sie habe ihm doch erzählt, sie sei heute Abend bei Pierre, es könne sein, dass es spät werde, ihr Handyakku sei auch bald alle, perlte es über ihre Lippen, den Rest überließ sie Valentinos Fantasie, und als er sich wieder dem Schlachtfeld seiner Küche zuwandte, warf sie hinter seinem Rücken einen letzten unsicheren Blick zum Hund. Ich hatte ihn gesehen, den Blick, und Lily hatte ihn auch gesehen, und dann löste sich Alisha vor unseren Augen in Luft auf.

Inzwischen war der Heilbutt reif, der Hund zerrte den Fisch vom Grill auf einen Teller, würzte und garnierte ihn und stellte ihn auf den Pass, er wischte sich die Hände an seiner Schürze ab und beobachtete sein Werk. Das Servicepersonal war irritiert von dem Massaker, das sich auf dem Teller ausbreitete, aber was auf dem Pass landete, wurde wortlos abtransportiert, was auf dem Pass stand, war durch die Qualitätsprüfung gegangen, es gab nur zwei Instanzen, denen es zustand, den Durchgang eines Gerichts über den Pass zu verweigern: Valentino und Lily. Niemand sonst. Alles, was zwischen dem Küchenchef und dem Gast, alles, was zwischen diesen beiden Polen lag, waren nur Mittler, Boten, Transmitter, die eine einzige Aufgabe hatten: das Essen so schnell wie möglich auszuliefern, bevor es ein einziges Grad an Hitze verlor. Ein Gericht auf dem Pass zu bewerten, stand ihnen nicht zu.

Valentino kämpfte sich durch den Mittelgang. Der Boden war immer noch glitschig und rutschig und gefährlich wie Glatteis. Er versuchte, das Gericht noch rechtzeitig zurückzuhalten, bevor es in den Speisesaal rutschen und dort wie eine Nagelbombe explodieren konnte, doch Conny hatte es bereits auf den Arm genommen, sie war auf dem Weg zu Tisch zwölf und verschwand aus Valentinos Blickfeld.

»Hab ich dir erlaubt, deinen Posten zu verlassen?«, zischte Valentino durch die Zähne. Seine Augen waren blutunterlaufen. »Hab ich das?« Er ließ eine Sekunde verstreichen, damit der Hund um Verzeihung bitten oder eine Geste der absoluten Unterwerfung hätte zeigen können, doch der Hund ging zurück an seinen Posten, als wäre nichts geschehen.

»Hörst du mich, du Fotze? Hab ich dir gesagt, dass du den Heilbutt anfassen sollst. Mit deinen Wichsfingern. Hab ich das?«, keuchte Valentino.

»Chef«, versuchte ich ihm zu erklären, »der Hund wollte doch nur …« Zack, schon hatte ich wieder eine sitzen. Valentino schmiss einen Teller nach dem Hund, der Teller verfehlte ihn, zerplatzte wie eine Seifenblase auf dem Edelstahl und riss den Topf mit der Bouillon vom Herd, Valentino kochte über wie angebrannte Milch.

Er bringe ihn um, er bringe ihn um, der Hund sei ein Idiot, brüllte er und feuerte noch drei Messer, eine Gabel und eine Suppenkelle nach dem Hund, erst dann kehrte er zurück an den Pass, schäumend vor Wut, um die in die Küche brechende Welle an Bons unter Kontrolle zu bekommen.

Conny kam in die Küche gerannt und rief Valentino zu: »Tisch zwölf will sie sprechen, Chef?«

Dann schlug ein Stromschlag in Valentinos Kopf ein, fuhr die Wirbelsäule hinunter und jagte bis in seine Fußsohlen.

»Der Tester?«

»Ja. Der Tester«

Valentino stammelte unverständliches Zeug, er versuchte sich zu beruhigen, er schloss die Augen und atmete tief durch. Er hielt sich am Pass fest, er senkte den Kopf, er strich seine Schürze glatt, und dann ging er mit erhobenem Haupt in den Speisesaal, während neue Bons weiter über den Pass flossen wie Wasser durch ein Loch, das nicht mehr zu stopfen war.

»Einmal Ragout. Zwei Mousse. Reh geht zurück. Noch mal ohne Orangen«, bellte Lily. Sie stand mit beiden Füßen auf dem Gas, das eindringende Wasser musste aus der Galeere geschaufelt werden, man musste rudern, so schnell wie möglich, sonst war alles verloren. Sergej wurde von leuchtorangenen Sanitätern abtransportiert.

Dass Alisha eine verzogene Göre und eine abgefuckte Diva war, dafür konnte der Hund nichts. Dass sich Sergej kochend heißes Bratfett wie eine Icebucket-Challenge überkippte, dafür konnte er nicht verantwortlich gemacht werden, auch nicht dafür, dass sich ein Tester in den Ring geschlichen hatte und versuchte, uns Stöcke zwischen die Beine zu werfen, so was gehörte nun mal zum Spiel, auch das konnte man dem Hund nicht anhängen. Aber die säurehaltigen Sresshormone in Valentino, der dampfende Überdruck in seinen Adern, der kreischende Schmerz im wütenden Stier wollte irgendwo entweichen. Und in diesem Moment hatte der Hund mit einer roten Fahne gewedelt und Hallo gerufen, er hatte sich eine Zielscheibe direkt auf seine Stirn geklebt und war mit nackter Brust vor die Flinte gelaufen. Valentino musste nur noch die Sache an Tisch zwölf klären, dann würde er zurückkehren in seine Küche, seine Arena, wo unzählige Waffen an der Wand aufgereiht standen. Dort, wo es keine Zeugen, nur Mitläufer gab, die den Hinterausgang verriegelt hätten, dort, wo man dankbar war, dass die Schreie nicht aus dem eigenen Mund, sondern aus dem eines anderen kamen.

Ich zog den Hund zur Seite, er lebte in seiner eigenen Welt, aber er war mein kleiner Bruder und ich war für ihn verantwortlich.

»Lass uns abhauen, bevor Valentino zurückkommt«, raunte ich ihm zu und band mir die Schürze ab. Ab jetzt musste es schnell gehen. Die Sache an Tisch zwölf könnte unter Umständen schnell erledigt sein, und Valentino konnte jeden Moment in die Küche zurückkehren. Doch der Hund reagierte nicht, abwesend starrte er durch den Pass in den Speisesaal.

»Einen Thunfischtartar. Zweimal Hagebuttensalat ... einen

Heilbutt ohne Zitrone«, rasselte es durch die Küche. Die eiserne Lily wusste, was wir vorhatten, und es war ihr recht, wenn wir jetzt das Feld verließen, weder ich noch der Hund waren ihr ans Herz gewachsen. Hätten wir uns jetzt mit eingezogenen Köpfen davongeschlichen, hätte sie uns sogar mit einem Fuß die Tür aufgehalten, sie war nicht scharf auf ein weiteres Blutbad in ihrem Wohnzimmer. Auch Said raunte uns im Vorbeigehen zu, dass dies der Moment sei, an dem wir abhauen sollten, doch nichts und niemand schien den Hund zu erreichen, ich versuchte, ihn am Ärmel zur Türe zu zerren, doch er blieb stur wie ein Ochse stehen, der Junge wollte es nicht anders.

Ich schnürte mir meine Schürze wieder um, wandte mich meiner Arbeit zu und überließ ihn seinem Schicksal, manche Menschen sind nicht lebensfähig, manche Menschen kann man nicht retten. Wenn man ihnen nachts die Knarre an ihrem Kopf aus der Hand nimmt, dann lassen sie sich morgens nach dem Zähneputzen überfahren oder geraten zwei Wochen später in eine tödliche Schlägerei. Manche Menschen bitten regelrecht um ihre Exekution. So dachte ich zumindest damals über den Hund.

8

NUR EINE DUENNE Wand von wenigen Zentimetern Stärke trennte die Welt der Küche und das Reich der speisenden Menschen im Restaurant. Nur ein kleines Loch, der Pass, verband die beiden Welten und hielt den Lärm, das Geschrei, den Gestank, den Krieg und die Kugeln davon ab, in den Speisesaal zu dringen, hier lebte eine andere Rasse, hier fluchte niemand, und keiner schlug wild um sich.

Jessie, die Empfangsdame, versuchte gerade ein junges Pärchen zu beruhigen, bis ihre reservierten Plätze frei wurden. An der Wand neben der Kasse hingen Fotos und Autogramme, die Valentino mit internationalen Größen aus der Unterhaltungsbranche und der Politik zeigten. Der Speisesaal war bis auf den letzten Platz gefüllt. Als Valentino die Schwelle dieser beiden Welten überschritt und am Pass vorbei zum Tester an Tisch zwölf ging, versuchte er, sich nicht anmerken zu lassen, dass er direkt aus der Hölle kam. Valentino verließ nur selten seinen Bau oder wagte sich ins freie Feld, nur wenige hatten ihn jemals außerhalb seiner Küche erblickt.

Als er in seiner weißen Kochuniform den Speisesaal betrat, rollte ein Raunen durch den Raum, man drehte die Köpfe, man tuschelte, man war begeistert, iPhones und Androids klickten, Hashtags und Selfies mit Valentino im Hintergrund flatterten durch den Äther.

Der Tester an Tisch zwölf wirkte verstört und irritiert, und er verspannte sich, als er Valentino auf sich zukommen sah. Was man für ihn tun könne, ob der Heilbutt nicht seinen Erwartungen entspreche, fragte Valentino, man sah ihm an, dass er wild entschlossen war, in seinem eigenen Restaurant nicht schon wieder die Haltung zu verlieren.

Die Frage war ein einziger Witz. Das Fischfilet sah aus wie eine Ohrfeige, eine Schleifspur zog sich bis zum Tellerrand, der Hund hatte es nicht angehoben, sondern direkt von der Pfanne auf den Teller gezerrt. Reglos lag es vor dem Tester, nur ein einziger Bissen war abgeschnitten, das Filet sah aus wie die Gedärme eines Gürteltiers, das unter die Räder eines Sattelschleppers gekommen war, nein, es entsprach nicht seinen Erwartungen. Aber nicht nur das Arrangement war ein Tritt in die Eier, auch der Geschmack konfrontierte den Tester mit einer Welt, die er nicht kannte. Er war ratlos.

Er hielt die Luft an, er hatte den Küchenchef zwar rufen lassen, aber er hatte nicht damit gerechnet, dass Valentino tatsächlich sein Reich hinter dem Pass verlassen würde, erst jetzt wurde ihm das Ausmaß der Situation bewusst, die Gerüchte von blutig geschlagenen Gästen tippten ihm auf die Schulter, tapfer drückte er sein Kreuz durch.

Ob Valentino den Fisch eigenständig zubereitet habe, versuchte er die Konversation zu eröffnen.

Dürfe man wissen warum, konterte Valentino, seine Reaktion war ungewöhnlich emotionslos, für seine Verhältnisse fast schon freundlich.

Der Tester nahm all seinen Mut zusammen und wagte sich tiefer in die Konfrontation hinein, er wisse nicht, wie er das sagen solle, dieser Geschmack sei irgendwie, dann brach er ab und bewegte seinen Mund, als ob er eine spezielle Note auf seiner Zunge suchen würde und starrte auf den Teller vor sich. Es war, als ob er vor einem kontroversen Kunstwerk säße und nicht wüsste, ob er es mit einem Meisterwerk oder einer Unverschämtheit zu tun hatte. Er stocherte im Essen herum und suchte nach Worten und lief rot an. Es war der beängstigendste Moment seines Lebens, und er wunderte sich selbst, dass er sich so nah an den Abgrund heranwagte. Wenn er das hier überleben würde, was würde er Lotte, seiner Frau, heute Abend erzählen können, dachte er bei sich, während seine Zunge in seinen Mundwinkeln herumwühlte. Wie immer diese Nummer hier ausgehen würde, niemand würde ihm vorwerfen können, dass er ein Feigling sei. Niemand, auch Lotte nicht.

Inzwischen waren der Tester und Valentino nicht mehr alleine, die ungeteilte Aufmerksamkeit aller Gäste im Restaurant lastete auf den beiden, selbst der letzte Gast im Speisesaal hatte aufgehört zu kauen, um nichts vom Gespräch an Tisch zwölf zu verpassen.

Ob er mal dürfe, fragte Valentino, und noch bevor er eine Antwort bekam, griff er sich die Gabel und schnitt ein Stück vom Heilbutt ab. Mit einem Hauch Soße benetzt steckte er sich den Bissen in den Mund, er kaute, kam ins Stocken, er hielt inne, und fast hätte man meinen können, er halte den Atem an.

Draußen vor dem Restaurant war die Nacht angebrochen. Gnädig und gütig und still. Das warme Licht der Laternen schwamm über den Bordstein und spülte den Alltag über den Asphalt.

Glitzerndes Licht drang oberhalb von Valentinos Bewusstsein durch hölzerne Ritzen und fiel auf seinen halb nackten Schädel und seine mächtigen Schultern. Dann bemerkte er, dass er an einem Tisch saß, einem langen Esstisch, Gäste mit Köpfen wie Eidechsen oder Schlangen um ihn herum, Alisha neben ihm, in der Mitte flackerte ein kleines Licht, und dann sah er mich versteckt in der Ecke stehen, sah mich, ganz in weiß gekleidet, weiße Jacke, weißer Kragen und weiße Knöpfe, wie ich zu ihnen hinüber spähte.

Valentino schluckte und gab kein Wort mehr von sich. Was er sah, war das Ende seiner Ära, und was er hörte, war das Klopfen seiner Zukunft, die von innen gegen seine Stirne pochte.

Seit Jahren hatte Valentino den gleichen Traum gehabt. Nacht für Nacht, immer und immer wieder.

Wie jeder andere Küchenchef wusste auch Valentino, dass man Frösche nie in kochendes Wasser werfen durfte, weil sie sonst sofort wieder heraussprangen, dass sie aber bei lebendigem Leib kochten, wenn man das Wasser erst langsam erhitzte.

Immer und immer wieder hatte er geträumt, wie er in warmem Wasser schwamm, wie es angenehm und wohlig war, aber nach und nach immer aufregender und heißer und schließlich lähmend ekstatisch wurde, er spürte, wie alles um ihn herum anfing zu brodeln, und wilde, kochende Luftblasen auf der schillernden Oberfläche tobten, er sah sich selbst, wie er mit glubschigen Augen in der Mitte des Topfes saß, und dann merkte er, dass er den Zeitpunkt verpasste hatte, herauszuspringen, seine Beine und seine Nerven waren bereits weich gekocht und schlapp und mürbe, und dann sah er die teuflischen Gesichter, gebeugt über den Rand des Topfes, und dann schrie er und schrie und schrie, und dann wachte er auf.

Valentino wusste längst, dass seine Zeit vorbei war, dass das Schiff bereits am Sinken war, dass eine neue Generation herangewachsen war, bereit, das Schlachtfeld zu übernehmen. Im Südwesten hatten sich bereits Horden zusammengerottet, im Norden und Osten konnte man die Schlachtrufe der Jungen hören, die angetreten waren, Valentinos Thron zu erobern, sie würden einem Kult frönen, der ihm Angst machte. Die Zeit von Köchen wie ihm, Valentino, sei vorbei, ob er es denn nicht selbst schmecken würde, ob er nicht merke, dass er inzwischen so verstaubt und antiquiert sei wie die alte Garde, gegen die er einst einmal rebelliert habe, flüsterten ihm Tausende von dünnen Stimmen ins Ohr, er sei schon lange nicht mehr der Anarchist der Küche. Nur noch eine dünne Kruste aus Schminke und Puder würde die fette und träge Masse seines abgestorbenen Talents bedecken. Er solle abdanken, bevor die Guillotine falle, noch wäre Zeit, noch könne er sich mit Alisha und seinem Geld absetzen, für das El Cion würde er ein hübsches Sümmchen bekommen, genug, um sich ein kleines Haus am Meer kaufen zu können, Alisha würde ihn dafür lieben, sie würde ihm treu sein bis in den Tod, sie würden in der Sonne wandern wie zwei kleine Kinder, unten am Strand, dort, wo die Fischer frühmorgens mit den Booten ausliefen, dort in einer kleinen Hütte würde er manchmal für seine Freunde kochen, aus aller Welt würden sie kommen, und wenn der Rummel zu viel für ihn und Alisha werden würde, dann würden sie weiterziehen, immer weiter in den Süden, niemand würde wissen wohin. Eines Morgens wären sie verschwunden, Gerüchte würden sich verbreiten, dass sie auf eine ferne Insel gezogen seien, wo genau wisse keiner, Valentino sei alt, würde es heißen, und er habe endlich Frieden gefunden, mit erhobenem Haupt habe er den Absprung geschafft. Aus der Legende Valentino war ein Mythos geworden.

Als der Geschmack auf Valentinos Zunge seinen Zenit erreicht und schließlich überschritten hatte, war ihm, als würde eine Luke über seinem Kopf aufgehen, jemand hatte den Deckel des Topfes zur Seite gezerrt, und mit einem einzigen, eleganten, kräftigen Sprung war er in die Freiheit gehüpft, seine kräftigen Schenkel hatten ihn aus dem kochenden Wasser katapultiert, in letzter Sekunde sprang er ins helle Licht, die Bande, die ihn gefangen und gehalten hatte, lag besoffen und von billigen Drogen vergiftet vornübergefallen um den Tisch, und Valentino war frei.

Eine Ewigkeit verstrich, der Tester wagte nicht, zu atmen, die Gäste starrten zu den beiden hinüber. Dies war ein Moment, von dem man noch in vielen Jahren auf Betriebsfeiern oder Geschäftsreisen erzählen konnte, davon, wie es war, damals, als man im El Cion nur wenige Tische entfernt miterlebt hatte, wie Valentino von einem Tester herausgefordert wurde, damals, als Valentino noch im El Cion kochte, ja man sei selbst dabei gewesen, man erinnere sich noch daran, als wäre es gestern passiert.

Den Gästen, die in der Nähe von Tisch zwölf saßen, war nicht wohl bei der Sache. Wenn die Situation entgleiten sollte, würden sie die ersten Splitter abbekommen. Aufstehen und gehen war aber auch keine Option. Man wartete ab und versuchte, die trockene Nervosität herunterzuschlucken. Die Gespräche im Speisesaal waren restlos verstummt, selbst das Klirren des Bestecks auf den Tellern hatte aufgehört, die letzten Gabeln wurden so leise abgelegt, dass absolute Stille herrschte. Von draußen konnte man den Sommerregen hören, sanft und schüchtern trommelte er gegen die Scheiben. Mit der Zunge fuhr Valentino die Innenseite seines Mundes ab, er versuchte seine alte, bekannte Größe und Ausstrahlung wiederzugewinnen, er legte die Gabel weg, und dann sprach er, er sagte, dass er wisse, dass es manchmal viel sei, was sie hier im El Cion von den Gästen verlangen würden, aber Grill, Mediterran, Molekularküche, Asiatisch, all das bekäme man an jeder Straßenecke, an der einem Touristen ins Netz gehen würden, das hier allerdings, er brach ab, nahm noch einmal die Gabel vom Tisch und trennte ein weiteres Stück vom Filet ab, seine Bewegungen hatten einen gierigen Unterton. Das hier, das sei etwas, das sich nicht in irgendeine Kategorie einbinden lasse. Die ganze Zeit hatte er den Fisch nicht aus den Augen gelassen, erst jetzt blickte er den Tester an, frontal in dessen Gesicht.

Valentino sei sich bewusst, dass man mit einem solchen Gericht die breite Masse nicht erreichen könnte, aber das sei auch nicht das Ziel. Wenn jemand damit, er nickte in Richtung des Tellers, wenn jemand damit Probleme habe, dann tue es ihm leid, das Filet hier, er legte eine weitere, lange Pause ein, das Filet hier sei grandios, es sei das Beste und Gewagteste, was jemals im El Cion serviert worden sei.

Der Tester nickte ergriffen. Er hatte verstanden und war beeindruckt und blickte Valentino lächelnd an. Er verstand, er verstehe, er stammelte erleichtert. Die Ordnung war wiederhergestellt, die Dinge waren wieder an ihrem Platz, Valentino war der König, sein Essen eine Offenbarung, der Tester hatte begriffen, dass er zu den Auserwählten gehörte, die in der Lage war, Valentinos Kunst zu schätzen. Er war froh, und er war dankbar, nicht in die Falle getreten zu sein, die ihn als einen Menschen mit mittelmäßigem Geschmack entlarvt hätte. Er fühlte sich geehrt, und er war peinlich berührt, Zweifel an Valentinos Kochkunst gehabt zu haben.

Einige der Köche rauchten, andere saßen schon auf ihren Rädern oder Vespas, auf den Motorrädern oder in ihren Autos und waren auf dem Sprung nach Hause. Der Abend war wie ein Gewitter vorübergezogen. Man hatte ihn überlebt, wie man all die anderen Tage zuvor überlebt hatte. Die Knochen schmerzten, die Augen waren wund, im Brustkorb rauschte es, als würde ein heißer Föhn auf Hochtouren laufen. Nur noch eine kleine Handvoll Gäste saßen beim letzten Glas Wein. Der Hund und ich schwiegen uns an. Ich packte mein Messerset ein, ich war nicht wütend, ich war nicht müde und auch nicht traurig. Valentino konnte jede Minute aus seinem Büro kommen, er hatte sich den ganzen restlichen Abend nicht mehr in der Küche blicken lassen, sondern die Tür hinter sich zugezogen, nachdem er von Tisch zwölf, dem Tisch des Testers, zurückgekehrt war. Die eiserne Lily hatte ihn kommentarlos vertreten.

Wir alle waren unsicher, wie es nun weiterging, aber es war klar, dass Valentino nicht für immer in seinem Büro bleiben, sondern eines Tages herauskommen und ein Exempel statuieren würde. Inzwischen war es mir egal, was mit dem Hund passieren würde, ich hatte angeboten, mit ihm abzuhauen, niemand hätte uns daran gehindert.

Beim Hinausgehen blickte ich noch einmal zurück in die Küche, um einen letzten Blick in unsere Arena zu werfen. So nah würden wir nie wieder an den Olymp kommen. Wir hatten nur eine Woche durchgehalten, eine Woche, die wie eine einzige Nacht an uns vorbeigerauscht war. Ich hatte sie alle ins Herz geschlossen. Said, den dürren Vogel. Die eiserne Lily. Romanov, Conny, Kevin, den psychopathischen Sergej und all die anderen Irren an den Hilfsposten und selbst die Küchenjungs, das namenlose Kanonenfutter.

Wir könnten ja im Fontana fragen, ob die noch jemand brauchen, schlug ich vor, ich erwartete keine Reaktion vom Hund, die Frage ging eher an mich selbst. Auf dem Hof hinter der Küche nickte ich den Kollegen der Brigade zum Abschied zu. Ich zündete mir noch eine Zigarette an und blies den Rauch in die kühle, schwarze Nacht über uns. Der Mai ging langsam zu Ende, und die letzten kalten Nächte klopften an die Türe. Noch bevor ich meine Kippe auf dem Boden austreten konnte, kam Valentino aus dem Hinterausgang.

Keiner hatte Mitleid mit uns, es wäre mehr als genug Zeit gewesen abzuhauen, selbst schuld, wie dumm musste man auch sein, die Servicekräfte schlichen sich davon, sie waren blanke Gewalt am wenigsten gewöhnt, und ihr Vertrag verpflichtete sie nicht, zuzuschauen, wie ein junger Koch auf den Stufen der Hintertüre mit den Zähnen in den Beton biss, während ihm einer aus der Brigade gegen den Hinterkopf trat. Die ersten Kameras auf den Handys gingen an. Die Köche machten Valentino Platz, der Hund kapierte nicht, dass sein Ende unmittelbar bevorstand, er kapierte überhaupt nichts, ich wurde richtig sauer. Stattdessen blickte er auf den Boden und bewegte seine Lippen und schien etwas auszurechnen.

Valentino trat an den Hund heran, und dann fragte er ihn, ob er Safran beigemischt habe. Eine Handvoll Tauben flatterten vom Dach des El Cion in die Nacht hinaus.

Ob es Safran war, ob er Safran angebraten hatte, das habe er doch gemacht, er habe doch den Safran angebraten, oder nicht? In Valentinos Stimme lag kein Hass und auch keine Wut, sondern eher etwas, das wie schüchterne Neugier klang.

Das sei es doch gewesen, Safran, dieses gelbe Zeug?

Schließlich nickte der Hund. Was Safran war, schien er nicht zu wissen, aber das Pulver, dass er in heißer Butter angebräunt hatte, das war gelb gewesen, er nickte, ja, es war gelb. Valentino war es unheimlich zumute. Er musterte ihn, ehrfürchtig und unschlüssig, was er von alldem halten sollte.

Es tue mir leid, entschuldigte ich mich, der Junge kenne die Namen der Zutaten noch nicht, ich sei noch dabei, sie ihm beizubringen.

Ich solle mein dummes Maul halten, sagte Valentino heiser, und dann rieb er sich über seine müden Augen. Der Junge solle den Posten am Herd haben, bis Sergej wieder fit sei. Lily schnellte hoch und wurde wach. Ob sich Valentino da sicher sei, fragte sie, ob man das denn so schnell entscheiden solle, sie könne doch erst noch ein paar Leute anrufen und checken, ob man jemand Qualifizierteren als den Hund für den Posten des Rotisseurs bekomme, doch Valentino hörte schon nicht mehr zu, für ihn war das Thema erledigt, er fragte, ob jemand wisse, wie es Sergej gehe. Lily sagte, sie habe vorhin noch mal im Krankenhaus angerufen, da hätten sie ihn schon entlassen, an sein eigenes Telefon würde er aber nicht rangehen.

Valentino fragte den Hund, wie er heiße, ob es stimme, dass

man ihn den Hund nannte? Der Hund nickte, sein Blick war leer, aber in der trüben Straßenbeleuchtung war mir, als ob hinter den schattigen Höhlen seiner Augen ein stumpfer, provozierender Hohn köchelte.

Ich räusperte mich. Was mit mir sei, fragte ich Valentino, und ob ich den Hund am Posten unterstützen dürfe, schließlich hätte ich ihm alles beigebracht. Lily drehte sich zu mir, und auch die anderen Köche blickten mich an, es war das erste Mal, dass ich Valentino direkt angesprochen hatte.

Er musterte mich und dann den Hund, er musterte uns beide, von oben bis unten, ich versuchte, mein Kreuz durchzudrücken, eine Hand hatte ich in der Hosentasche, die andere hing lässig nach unten. Ich wollte eigentlich beide Hände in die Hosentasche stecken, doch jetzt war es zu spät, wenn ich mich jetzt bewegte, hätte es so ausgesehen, als ob ich mir Gedanken über meine Körperhaltung machen würde. Valentino drehte mir den Rücken zu, und ich konnte ein leichtes Schulterzucken erkennen. Es sei ihm scheißegal, war zu hören, von ihm aus. Sie würden heute Nacht die Vögel machen, wenn wir wollten, könnten wir bleiben und zuschauen. Dann wollte Valentino von Lily wissen, um wie viel Uhr sie loslegen sollten.

Um elf Uhr, sagte Lily, in zwei Stunden würden die ersten Gäste kommen.

Danke, murmelte ich. Niemand bemerkte, wie erleichtert und dankbar ich war, Lily schüttelte den Kopf, sie konnte es nicht fassen, was für ein Glück wir zwei Idioten hatten.

Die Köche schüttelten uns die Hand, Romanov, Said und zwei weitere aus der Brigade verschwanden wieder in der Küche, wir folgten ihnen, und dann wurde hinter uns die Türe abgeschlossen. Heute Nacht wurden die Fettammern angerichtet, nur noch eine kleine Handvoll der Köche war an Bord, der Rest hatte Feierabend.

Wir bereiteten die Mise en Place für die Nacht vor. Keiner sprach ein Wort, jeder wusste, dass man in wenigen Stunden Zeuge einer verbotenen Sache würde. Der Hund und ich traten von einem Bein auf das andere wie unbeholfene Teenager in einem Backstageraum, und wir versuchten, nicht im Weg zu stehen. Die Fettammern wurden aus den Käfigen geholt, sie konnten inzwischen tatsächlich kaum noch laufen. Fett und träge lagen sie auf ihren Rücken und zuckten, wenn man sie berührte. Valentino legte sie auf das Schneidebrett, die dünnen Füße knipste er mit einer Hummerschere ab, zurück blieben winzige Stummel, die wie verrückt zappelten.

»Wo ist der Armagnac? Sollen wir den 89er nehmen?«, fragte Lily.

»Nein, da steht noch einer, links oben, den die Serben neulich mitgebracht haben, der alte Garonne. Rupft die Vögel schon mal, ich komm gleich dazu, und wartet noch mit dem Armagnac«, antwortete Valentino. »Und pass auf, dass sie nicht dabei draufgehen. Die müssen noch atmen, wenn wir sie in Armagnac tränken. Die müssen sich vollsaugen damit, der Alkohol muss bis in ihre Lungen«, sagte Valentino. Ich konnte meinen Blick nicht von den Vögeln abwenden.

Valentino begrüßte die nächtlichen Gäste. Spitzenköche, renommierte Kollegen, hochkarätige Investoren und ein paar befreundete Kritiker betraten die Küche. Man fühlte sich geehrt, zum erlesenen Kreis zu gehören, doch gleichzeitig schienen sich die Gäste ihrer kollektiven Schuld bewusst zu sein, man vermied unnötigen Augenkontakt.

Sie seien gleich so weit. Man könne sich schon mal setzen. Man warte noch auf Pierre und seine Leute. Die seien aber schon auf dem Weg und müssten gleich hier sein. Man solle schon einmal hineingehen, sagte Valentino und führte die kleine Gruppe in den

Speisesaal. Einer nach dem anderen setzte sich. Die Servicekräfte brachten den ersten Gang, gefüllte Wildschweinpastete en croûte mit Aspik, und sie schenkten Wein aus.

Die Fettammern lagen inzwischen nackt und entfedert auf dem Tisch, ein paar von ihnen bewegten sich noch. Lily öffnete eine obszön teure Flasche Armagnac und schüttete sie in eine Glasschüssel. Valentino nahm den ersten Vogel, vorsichtig, damit er noch lange atmete, und drückte den kleinen, fettleibigen Körper in den Armagnac, panisch schlug und flatterte er mit den federlosen Flügeln.

Immer wieder zog ihn Valentino heraus, sodass sich der Vogel erholen konnte, nach ein paar Sekunden drückte er ihn wieder zurück in die Schüssel, solange, bis der Vogel keinen Mucks mehr von sich gab.

Romanov, Said und die beiden Commis schauten schweigend und mit glasigen Augen zu, der Hund und ich kandierten die Teller mit einer Kruste aus Zucker und bestäubten sie dann mit Chilipulver.

In der Küche war es gespenstisch ruhig, nur die allernotwendigsten Kommandos und Anweisungen wurden ausgetauscht, über allem lag eine dicke, dämpfende Schicht aus dichter Watte, selbst das Zwitschern der Vögel war kaum vernehmbar, nur ganz leise hörte man das Piepsen, wie winzig kleine, quietschende Scharniere.

Valentino legte die erste von Armagnac triefende Fettammer mitsamt Schnabel und Innereien in eine Pfanne, die so heiß war, dass sie knallrote, leuchtend wütende Funken spuckte. Der Alkohol entwich und entflammte pfeifend und aggressiv und keifend wie eine schräge Flöte, Valentino legte einen zweiten Vogel und dann einen dritten dazu.

Das Servicepersonal schaltete das komplette Licht im Speisesaal aus.

Der geheimen Gesellschaft wurden Tücher gereicht.

Wir standen am Pass und gafften in den Speisesaal, Said neben mir, dies sei die oberste Liga der Spitzenküche, meinte er, ob ich den da drüben kennen würde, den Dürren, das sei Rainer von Haven, zwei Sterne, und die beiden Alten da drüber, das seien Franzaken, Yves Chaland und Giraud, zweite Generation nach Bocuse, die würde man in Frankreich verehren wie Popstars, aber dass Nido nicht käme, wäre ja klar gewesen.

Ich selbst hatte Nido nie zu Gesicht bekommen und kannte auch keinen, der ihn persönlich erlebt hatte.

Anatol Nido war ein ernster Mann mit einer etwas aus der Mode geratenen dunklen Brille, im Netz existierten nur drei Bilder von ihm. Eins zeigte ihn neben Bocuse während der späten Achtzigerjahre in einem Weinlokal in der Provence, ein zweites auf einer Vernissage in New York. Im Blitzlichtgewitter blickte er in die Kamera wie ein Wild, das in Todesangst auf einer nächtlichen Landstraße ins Scheinwerferlicht starrte, das dritte Bild war ein Cover auf der Jubiläumsausgabe von *Worldchefs*.

Valentino schob den Servierwagen und die auf kleiner Flamme brutzelnden Fettammern an uns vorbei in den Speisesaal, die Gäste legten sich die Tücher über die Köpfe, ein altes Ritual, wie bei einer gespenstischen Messe des Ku-Klux-Klan wollte man so verhindern, dass Gott oder die Tischnachbarn sehen konnten, wie man die heiligen, knusprigen, brüllend heißen Vögel in den Mund steckte, doch die Tücher über den Köpfen waren nur Feigenblätter zwischen den Beinen, jeder wusste, was sich darunter verbarg, deutlich konnte man das krachende Geräusch der winzig kleinen, zersplitternden Knöchelchen auf den Backenzähnen der Tischnachbarn hören, niemand konnte so tun, als wüsste er nicht, was hier laufe.

Wir beide seien jetzt fertig und könnten gehen, sagte Lily zu uns. Aus der Kasse im Büro kramte sie ein paar große Scheine heraus und drückte sie dem Hund und mir widerwillig in die Hand.

So, hier, wir sollten uns etwas Anständiges zum Anziehen kaufen, wir sähen aus wie Penner, man habe unsere Klamotten weggeschmissen, das müsse ja keiner mit ansehen, was für Assis hier in der Brigade arbeiten würden, und man solle sich die Haare schneiden und die Fingernägel, und ob sie sich richtig ausgedrückt habe, das Geld sei nicht für Koks und Nutten, morgen hätten wir frei, am Dienstag würde uns Lily hier um zehn Uhr frisch rasiert und mit kurzen Haaren sehen wollen, mit unseren Vorhäuten könnten wir Drecksmoslems machen, was wir wollten, aber die Bärte habe man abzuschneiden, wenn man hier im El Cion arbeiten wolle. Wir hätten mehr Glück als Verstand, sagte sie, und dass wir uns vorsehen sollten, sie hätte uns auf dem Kieker und ganz speziell den Hund, der gefalle ihr gar nicht, sie habe ein schlechtes Gefühl, und wenn es nach ihr ginge, hätte man uns niemals hier in die Brigade aufgenommen, sondern uns schon in der Nacht, in der wir mit diesen Vögeln angerückt seien, einen Arschtritt verpasst, aber was solle sie sagen, wenn Valentino uns eine Chance geben würde, dann könne sie nichts dagegen tun, aber einen einzigen Fehltritt, und sie würde unsere Eier frittieren, und dann fragte sie noch, ob wir an Gott glauben würden, nur so aus Interesse, und ob wir überhaupt an irgendetwas glauben würden. Lange blickte sie dem Hund und mir hinterher, als wir aus der Küche schlichen.

Wir gingen den ausgestorbenen Boulevard runter, der Nachtbus würde in einer Viertelstunde kommen. Unsere Kochuniformen hatten wir noch an, keiner von uns beiden sprach ein Wort. Abwesend starrten wir in die dunkle Sommernacht, wir waren keine Putzhilfen mehr, wir standen jetzt an den großen Herden. Die Erinnerung an das Aist in Moskau, damals '91, verblasste vor meinen Augen. Ich konnte unser Glück noch nicht wirklich begreifen, und mit dem berauschenden Gefühl von Größenwahn, das langsam hochfuhr wie Turbinen eines Airbus, schlich sich die Angst in meinen Kopf, dass der Hund alles, was wir uns bis jetzt erarbeitet hatten, durch seine wüste Art zerstören könnte. Mit seiner Kochkunst hatte er uns süchtig gemacht, wie Laborratten taten wir alles, was er schweigend von uns verlangte, alles, was er wollte, damit er weiter unsere Sucht befriedigen konnte. Nie gab er ein Wort von sich, verzweifelt versuchten wir herauszufinden, was er dachte und was er von uns verlangte. Ich blickte ihn von der Seite an, und ich ahnte, wo sich seine Gedanken aufhielten.

Ob er an den goldenen Frosch im Zoo dachte, fragte ich ihn, aber der Hund reagierte nicht. Ich sagte ihm, dass jeder seinen großen Moment im Leben habe, die meisten würden ihn vorbeiziehen lassen, ohne es überhaupt zu merken, aber das hier, das sei unser Moment, unsere Saison würde gerade erst anfangen. Ich sagte ihm, dass Kochen in einer Restaurantküche bedeuten würde, dass man Tag für Tag dieselben Tätigkeiten ausführen würde, dass man die Tomaten in immer millimetergenau gleich große Würfel zu schneiden habe, Reis, Nudeln immer auf die Sekunde genau gleich lange kochen müsse, dass es unsere Aufgabe sei, den exakten Garpunkt wie einen Orgasmus kommen zu sehen und das Gemüse auf den Bruchteil einer Sekunde genau vom Feuer zu nehmen. Das sei unsere Aufgabe. Nichts anderes. Nur das. Wie alle anderen Köche seien wir nur dazu da, Valentinos und Lilys Befehle auszuführen, am besten bevor sie sie aussprachen, ob er das verstehen würde, das sei wie bei der Evolution, ob er den Begriff schon mal gehört habe, Evolution, das habe seinen Sinn, irgendwann einmal würden wir auch eine kleine Küche leiten, vielleicht, aber bis dahin hieße es Schnauze halten, keine Extratouren, keine goldenen Frösche.

Vor einem Herrenausstatter blieben wir stehen. Schweigend betrachteten wir die Auslagen in den Schaufenstern, schwarzblaue Anzüge an grauen, kopflosen Puppen. Jemand hupte uns aggressiv an, es war Alisha, die in einem neuen 7er-BMW hinter uns angehalten hatte, Valentinos Zweitwagen. Sie lehnte sich aus dem offenen Fenster und grinste uns an.

»Was ist denn mit euch los?«, wollte sie von uns wissen.

Ich hielt die Luft an, bis jetzt hatte ich noch nie ein einziges Wort direkt mit Alisha gewechselt. Ich nicht und der Hund auch nicht.

»Hey, wie geht's?«, antwortete ich ihr.

»Was wollt ihr denn hier? Der Laden hat dicht. Es ist halb zwei Uhr morgens«, zwinkerte sie uns an.

»Jaja. Wir schauen bloß.«

Alisha musterte den Hund misstrauisch und neugierig. Seit dem Essen damals in der Küche schlich sie um ihn herum wie eine Katze und dachte, dass es keiner merken würde, wie sie sich aufführte. Sie kramte ihr Handy aus ihrer Louis-Vuitton-Tasche und wählte eine Nummer.

»Tatjana? Bist du noch wach? Kannst du mal kurz runterkommen? ... Ach komm. Ich hab hier zwei schwere Jungs ... Tatjana. Bitte!«

Fünf Minuten später stand Tatjana, eine junge Ukrainerin mit verwuschelten Haaren, mit uns in ihrem Laden, den Schlüssel hielt sie in der Hand, über ihrem teuren Jogginganzug trug sie eine Jacke und fror, offensichtlich hatte sie schon im Bett gelegen.

»Sind das die Jungs, von denen du erzählt hast?«, fragte sie Alisha auf Russisch, während wir die Anzüge vor den Spiegeln anprobierten und so taten, als wäre es selbstverständlich, dass man uns nachts um zwei einen Herrenausstatter auf dem größten Boulevard der Stadt aufschloss.

»Ja«, sagte Alisha.

»Die Jungs aus dem El Cion?«

»Ja«, sagte Alisha.

»Der hier?«, fragte Tatjana und musterte den Hund.

»Ja«, sagte Alisha. Sie ließ ihre Blicke über seinen Körper wandern, und dann ging sie zu ihm herüber und fummelte am Kragen seines Jacketts herum, als wäre er ein kleiner Junge, dessen Konfirmationsanzug schief saß. In der Sekunde klingelte Alishas Handy, es war Valentino, Alisha drückte ihn weg wie eine lästige Fliege, so als wäre nichts gewesen. Tatjana und ich taten, als hätten wir nichts mitbekommen, doch ohne dass wir uns anschauten, wusste ich, dass wir das Gleiche dachten.

»Wie hat dir der Salat geschmeckt?«, fragte ich Alisha, um das Gespräch in Gang zu bringen.

»Ganz okay«, antwortete sie.

»Danke. Das hört man gerne. Das war unser Spezialrezept«, sagte ich.

»Echt jetzt? Was war das? Wie habt ihr die Vinaigrette gemacht?«, fragte sie. Die Frage stand im Raum. Ich wand mich wie ein Aal. Ich hatte keine Ahnung, wie der Hund den Salat zubereitet hatte, und vom Hund selbst kam nie eine vernünftige Antwort, wenn man ihn solche Sachen fragte. Im besten Fall zuckte er mit den Schultern oder zeigte wortlos auf Zutaten, die vor ihm standen.

»Hey, was haltet ihr von dem Hemd hier?«, fragte ich die Mädels. Als keine Reaktion kam, wandte ich mich an den Hund. »Oder? Was sagste?« Doch noch bevor er etwas antworten konnte, hakte Alisha nach.

»Wer hat dir beigebracht, so zu kochen?«, fragte sie den Hund.

»Ich bringe es ihm gerade bei«, antwortete ich ihr, und ohne ihren Blick vom Hund zu lassen, fragte sie:

»Und von wem hat er gelernt, sich nicht an Valentinos Gesetze zu halten?«

9

AM FRUEHEN ABEND ging auf dem Boulevard vor dem Restaurant ein dichter Regen runter. Die ersten Sommergewitter zogen über das Land und drangen tief ins Innere der Stadt vor, die Menschen rannten mit eingezogenen Köpfen und hochgeschlagenen Krägen durch die Straßen, die Köche aus dem El Cion drängten sich unter dem Vordach, um beim Rauchen trocken zu bleiben. Die Tore des El Cion waren heute geschlossen, Alisha hatte Geburtstag, und Valentino hatte ein grandioses Menü fabriziert. Die meisten der Köche trugen ihre normalen Alltagsklamotten oder hatten sich herausgeputzt, nur wenige trugen die Uniform des El Cion, heute hatten so gut wie alle frei. Die gesamte Brigade hatte sich versammelt, Alisha saß im Speisesaal am Tisch neben dem Pass, dort, wo sich Valentino jeden Feierabend auf einen Stuhl fallen ließ, nachdem die Gäste verschwunden waren, und seinen letzten Wodka des Tages trank. Dort saßen Valentino und Alisha, alle waren um die beiden herum im Kreis versammelt, und Alisha freute sich über die Geschenke. Lily köpfte einen teuren Champagner aus dem Keller und zeigte das Etikett der Flasche herum wie den abgetrennten Kopf eines Ungläubigen.

Noch bevor die Sonne untergegangen war, drehte Valentino die Anlage hoch, dass die Boxen aus der Ankerung flogen, es wurde getanzt, gegrölt und gelacht, heute Nacht war das El Cion kein Restaurant und keine Knochenmühle, sondern eine einzige große Familie, Valentino saß auf seinem Stuhl und klatschte zur Musik wie ein debiler Rentner im Altersheim. An diesem Abend hatte ich ihn zum ersten und auch zum letzten Mal glücklich gesehen, es war, als hätte heute Nacht sein Bruder die Stellung übernommen und die Korken knallen lassen, während sich der echte Valentino irgendwo alleine auf der Straßen herumtrieb und erst in den frühen Morgenstunden nach Hause finden und zurückkehren würde.

Gegen Mitternacht wollte Lily verhindern, dass er einen dreitausendfünfhundert Euro teuren '95er Clos D'Ambonnay an die besoffene Brigade verschleuderte, die beiden diskutierten bis aufs Blut, schließlich gab Lily auf und zog stinksauer und kopfschüttelnd ab, während Valentino der Flasche den Schädel abschlug und den Champagner in die Gläser sprudeln ließ.

Ich stand vor dem Kühlraum Schmiere, der Hund hatte sich eingeschlossen, wühlte sich wie eine heißhungrige Ratte durch die Gewürze und Vorräte, Bilder von Ziegen in den Ardennen blitzten vor seinen Augen auf, als er von einem Käse kostete, Reisfelder in Vietnam, klares Wasser aus Gebirgsquellen, das an Bergkräutern vorbeifloss, ein halb weggetretenes Mastschwein, bevor dessen Schädeldecke durch ein Bolzenschussgerät einknickte wie eine Eierschale, durch die Tür des Kühlraums konnte ich hören, wie der Hund auf den Boden kotzte.

Zwischen Romanov und Said hatte sich in der Küche ein hartnäckiger Streit entzündet, Said hatte angefangen, das Essen so wie der Hund anzulecken und seine Kochjacke über der Hose zu tragen, so wie sie der Hund trug. Auch bei anderen Köchen hatte man das gesehen, immer mehr von ihnen fingen an, den Hund nachzumachen, bewusst oder unbewusst war schwer zu sagen, aber Romanov hatte jetzt die Schnauze voll, und besoffen war er außerdem, und deswegen bekam Said jetzt den Frack voll, ein paar Commis versuchten zu retten, was zu retten war, und brachten die Zutaten in Sicherheit, während die beiden blind aufeinander einschlugen. Dass sich ein Commis wie Said gegen eine Kaltmamsell zur Wehr setzt, war ungewöhnlich, aber heute Abend machte man keinen großen Aufstand deswegen. Ich fühlte mich so geborgen wie nie in meinem Leben zuvor, das hier, das war meine Familie. El Cion for live. El Cion forever. For ever, ever, ever.

Am frühen Abend, lange bevor Valentinos und Alishas Gäste in das Restaurant gekommen waren, hatte ich ein Amuse-Gueule gezaubert. Ich war über Said an Criollo-Kakaobohnen gekommen. Gestoßen und mit Kokosblütenzucker, Minze und Birkenblättern hatte ich eine Kreation aus dem Aist, damals '91 in Moskau, fabriziert, an der man erkennen konnte, dass der Hund nicht der Einzige von uns beiden war, der mit exklusiven Zutaten umzugehen wusste.

Valentino saß neben einem unscheinbaren rothaarigen Menschen, er war mir damals bei der geheimen Verköstigung der Fettammern aufgefallen, er war einer der Investoren, ein Rumäne aus Rio de Janeiro, der in den Nullerjahren sein Geld mit Öl gemacht hatte. Zurückgelehnt und schweigend, den Arm auf der Lehne ausgebreitet, saß er da. Er war jemand, der seine ganze Souveränität und sein Selbstbewusstsein auf Unmengen von Geld stützen konnte. Valentino jaulte zur Musik, er versuchte, die zweite Stimme von einem billigen Avicii-Song zu schmettern, während sich Alisha in der Mitte des Speisesaals drehte wie ein Derwisch. Die Servicekräfte und ein paar Köche hielten sicheren Abstand zu ihr, während sie den Text mitgrölten und verzweifelt versuchten, im Takt zu tanzen.

Bis jetzt war das Amuse-Gueule im hinteren Regal des Kühlraums gelagert, ich hatte alle paar Stunden danach gesehen, die Kälte hatte sich durch die letzten Fasern der zersplitterten Bohnen gearbeitet, und jetzt war es so weit. Ich ging aufs Ganze und holte das silberne Tablett mit den kleinen Schalen hervor. Ich steuerte durch das kreischende Volk in der Küche bis in den Speisesaal zu Valentino neben dem rothaarigen Millionär und beugte mich respektvoll zu ihm hinunter.

Das hier solle er mal kosten, das hätte ich gerade kurz ausprobiert, zur Feier des Tages. Valentino warf einen benebelten Blick auf mein Kunstwerk und versuchte sich einen Reim auf das Bild zu machen, das sich ihm bot, seine Gedanken schienen sich auf diese neue Situation erst ausrichten zu müssen, wie Magnete, die komplett zertrümmert waren, gerade eben war er noch in Rimini am Strand mit Alisha gewesen, er hatte einen Turtle auf der Tanzfläche gedreht, und Alisha hatte ihm ihre Liebe gestanden, und wer war jetzt dieser Kanake da neben ihm, und was wollte der von ihm, und was waren das für komische Brocken auf diesem silbernen Tablett? Dieser Typ, der dieses Tablett hielt wie ein hüftlahmer Butler, den kannte er doch von irgendwoher, war der nicht mit diesem kleinen Irren in das El Cion gekommen, mit diesem fiesen Genie, den alle die Ratte nannten, nein, den Köter, nein warte, gleich hatte er es, sie nannten ihn den Hund , genau, der Hund, wo war dieser Kerl, der habe es faustdick hinter den Ohren. Valentinos Augen sammelten sich wieder, bisher hatten sie wie die Pupillen eines Chamäleons in unterschiedliche Richtungen geblickt, aber jetzt schienen sie wieder miteinander den gleichen Kurs zu fahren, eine Art Erleuchtung breitete sich auf seinem Gesicht aus, er schien auf eine grandiose Idee zu kommen.

Wo sei er? Dieser Hund? Wo stecke er? Warte, sagte er zu seinem Freund und Finanzier, er müsse ihm was zeigen, dann sprang er auf und wankte in die Küche.

Die Köche waren aus ihren Löchern gekrochen und reckten ihre Köpfe, der Streit zwischen Romanov und Said in der Küche war inzwischen vorbei, jetzt hatten sich der Hund und der Spülchef in den Haaren. Das sei ganz normales Spülmittel, versuchte sich der Chef der Spülkolonne vor dem Hund zu rechtfertigen, und ob mal jemand diesen Typen bitte unter Kontrolle bringen könne. Er hob eine Flasche neongrünes Industriespülmittel vom Boden auf und wollte sich wieder an die Arbeit machen, doch der Hund riss ihm das Spülmittel aus der Hand und kippte es vor seinen Augen in den Ausguss. Irgendjemand musste dem Hund Alkohol zu trinken gegeben haben, er war außer sich, und Schweiß stand auf seiner Stirn.

Was denn hier los sei, was wäre jetzt schon wieder in ihn gefahren, überall, wo der Hund auftauche, gebe es Stress, maulte Valentino, immer würden die Leute streiten und herumschreien, wenn der Hund in der Nähe sei, man solle die Leute ihren Job machen lassen, verdammte Scheiße noch mal. Der Hund meinte, man würde das Spülmittel auf dem Porzellan schmecken, beklagte sich der Chef der Spüler.

Valentino legte seinen Arm um den Hals des Hundes, die Spüler würden nicht mit dem Spülmittel kochen, sie würden damit nur abwaschen, mein Freund, er solle wieder runterkommen, lallte er ihm ins Ohr. Seine Zunge musste eine Tonne gewogen haben, träge wie ein angeschwemmter Wal wälzte sie sich in seinem Mund von einer Seite auf die andere. Der Spüler erklärte, dass der Hund von ihnen verlange, mit Zitronen abzuwaschen, er habe gesagt, dass man gleich Lösungsmittel trinken könne, wenn man mit Spülmittel abwaschen würde.

Jetzt würde es ihm aber langsam zu bunt werden, meinte Valentino, sein bester Freund würde draußen sitzen, alleine am Tisch, und er würde darauf warten, dass ihm Valentino etwas Wundervolles vorführen würde. Ungeduldig griff er sich einen Teller und leckte ihn ab.

Ich stand mit meinem Amuse-Gueule in der hintersten Reihe. Während Valentino seine vom Alkohol verbogene Zunge über das Porzellan schmierte und einen Teller nach dem anderen ableckte, um herauszufinden ob an der Behauptung, man könne das Spülmittel auf den abgewaschenen Tellern schmecken, etwas daran sein könnte, zerschnitt der Hund eine Zitrone, drückte ihren Saft auf einen dreckigen Teller und demonstrierte, wie man damit abzuwaschen habe.

Die gesamte Belegschaft verdrehte die Augen, dass der Hund ein Genie war, das hatte sich herumgesprochen, dass er sich manchmal etwas merkwürdig verhielt, daran zweifelte inzwischen auch keiner mehr, aber das hier ging zu weit, offensichtlich hatte der Hund einen Dachschaden. Valentino sah sich das Ganze wortlos an. Dann nickte er. Man solle es so machen, wie es der Hund gesagt habe, man solle das Spülmittel nicht mehr benutzen und von jetzt an nur noch Zitronen verwenden, so, und damit sei der Fall erledigt, man solle weitermachen, wer nichts in der Küche zu tun habe, der solle nach draußen kommen, da spiele die Musik, was sei das hier überhaupt für eine Affenveranstaltung, los, man habe seine faulen Ärsche zu bewegen, er wolle jetzt jeden von uns tanzen sehen, sonst brauche man am Montag gar nicht mehr antreten, sagte Valentino, und dann befahl er Lily, dass ab sofort ausreichend Zitronen zur Verfügung stehen sollten. Die Spüler verstanden die Welt nicht mehr, die Köche drängten durch die Türe nach draußen in den Speisesaal, dort tanzten sie wie die Idioten, niemand wollte gefeuert werden, und von dieser Nacht an wurde im El Cion nur noch mit Zitronensaft abgewaschen.

Mit dem Hund im Schwitzkasten kehrte Valentino in den Speisesaal zurück, der Hund, das sei ein wilder Kerl, jetzt solle sich der

Investor aber mal anschnallen, das hier, das hier würde seine Birne wegblasen, er setzte den Hund an den Tisch und nahm zwei Weingläser und schenkte ein.

Dem Hund grunzte er zu, er solle seine Augen zumachen, dann nahm er eine Gabel, rührte in einem der Gläser einmal um und zog die Gabel wieder heraus.

Jetzt solle man aufpassen, die da hinten, die Schlampen vom Service und der Pisser da drüben, die alle sollten auch mal herkommen und sich das genau anschauen, der Junge hier könne am Geschmack herausfinden, in welchem Glas die Gabel war, der könne Metall mit der bloßen Zunge schmecken, Achtung, jetzt gehe es los.

Valentino hielt dem Hund das erste Glas hin. Er trank einen kleinen Schluck und schien irritiert über die affige Zirkusnummer.

Ich stand in der Ecke und beobachtete meinen kleinen Bruder, wie er zwischen den beiden Alphatieren wie ein teures Rennpferd vorgeführt wurde, das Amuse-Gueule hatte inzwischen Raumtemperatur angenommen. Conny erbarmte sich, nahm ein Stück von meinem silbernen Tablett, steckte es sich in den Mund und machte, Mhhhmmm, der Rest trocknete irgendwann in den frühen Morgenstunden ein und wanderte schließlich in den Müll.

Der Hund tippte auf eines der beiden Gläser, so selbstverständlich, als hätte er den Unterschied zwischen Milch und Maschinenöl herausschmecken sollen, Applaus brandete durch den Raum. Gejohle, stolzes Schulterklopfen, Köpfe wurden skeptisch geschüttelt, unglaublich, das müsse ein Trick sein.

Lily stand neben mir, und was sie sah, gefiel ihr nicht, es gefiel ihr ganz und gar nicht, sie hatte den pelzigen Vorgeschmack der Apokalypse auf der Zunge.

»Unglaublich«, sagte sie nachdenklich, ihre Stimme klang, als wäre irgendwo im Wort eine Falle versteckt, als wollte sie herausfinden, ob es bei dem, was sich vor unseren Augen abspielte, noch mit rechten Dingen zuging.

»Ja, unglaublich«, antwortete ich.

Valentino blickte allen in die Augen, das hier, das sei seine Brigade, die Kaderschmiede der Genies, solche Typen wie den Hund, die fände man nur hier, im El Cion, ganz genau, man solle ihn sich ruhig von der Nähe anschauen, man könne sich auf was gefasst machen, das hier, das sei nur der Anfang, nur der Anfang, das hier war sein Sohn, sein Stolz, sein Ticket zu neuem Ruhm und neuer Ehre, wo sei denn der Champagner, warum sei der denn jetzt schon wieder alle, Lily, wo steckt die alte Drecksau, ah, da sei sie ja, gäbe es denn noch was von dem Champagner, man habe Durst.

Später, nachdem sich Valentino wieder beruhigt hatte, wollte er vom Hund wissen, was mit ihm los sei, was ihm auf dem Herzen liege, warum er nicht tanzen würde und warum er so ein Gesicht ziehen würde, ob ihm jemand ins Auge gefasst hätte, er solle ihm die Namen nennen, er würde jedem die Knochen brechen, der ihm was angetan hätte, los, raus mit der Sprache, er wolle jetzt Namen hören, die Pissnelken könnten sich auf was gefasst machen, und dann schaute er sich im Raum um, ob er einen Verdächtigen ausfindig machen könnte. Doch der Hund blieb stumm, er schien auf etwas zu warten, geduldig, stoisch und so, als hätte er alle Zeit der Welt.

Valentino wurde unruhig. Ob es etwas gäbe, das er loswerden wolle, eine Frage, einen Wunsch, jetzt sei der richtige Moment, er könne alles von ihm haben, was er wolle, er liebe ihn wie seinen eigenen Sohn, wo habe er denn all die Jahre gesteckt, und warum sei er denn erst jetzt aus dem Nichts aufgetaucht.

Erst nach einer halben Ewigkeit bewegte der Hund stumm seine Lippen. Was er gesagt habe, hakte Valentino nach, er habe doch etwas gesagt, es sei hier zu laut, er solle es noch einmal wiederholen. Valentino beugte sich tief mit dem Ohr zum Hund und wartete, bis er noch einmal sprach. Er könne ihn alles fragen, alles, was er wolle, und dann legte er den Arm um seinen wiedergefundenen Sohn.

Schließlich sagte der Hund, das Salz, das Salz von Gaspar, sagte er.

Valentino richtete sich auf, holte tief Luft und wurde ernst. Lily und ich waren die Einzigen, die das Gespräch der beiden mitbekamen, wir wussten, dass gleich Dinge durch die Luft fliegen und scharfkantige Gegenstände üble Wunden reißen konnten, vorsichtig trat ich ein paar Schritte zurück.

Das so schmecke wie Schnee, der auf Zunge schmilzt, wie der Atem der Götter, dachte Valentino, in der Luft lag eine unwirkliche Spannung, schließlich stand er auf und winkte dem Hund, ihm zu folgen.

Lily und ich sahen den beiden hinterher, bis sie im Büro verschwunden waren, Lily schüttelte den Kopf. Der Junge höre aber auch nie auf, der wolle es wirklich wissen, der flehe ja regelrecht darum, dass man ihm den Schädel runterreiße, sagte sie.

Als Valentino die Türe hinter sich und dem Hund geschlossen hatte, drückte er ihn auf seinen Bürostuhl, dem einzigen Platz, auf dem man in diesem winzigen Raum sitzen konnte, ganz wohl war dem Hund nicht bei der Sache. Dann kramte er tief in seiner Schublade herum, zerrte schließlich ein gefaltetes Stück Papier hervor und klappte es auseinander. In der Mitte war ein letzter Rest des Salzes aus dem Gaspar, nicht mehr viel, gerade genug, um eine Pommes zu bestreuen.

Hier, er solle den Mund aufmachen, sagte Valentino und schüttete dem Hund eine winzige Prise in den Mund, drohte ihm, dass er niemandem davon erzählen dürfe, dann legte er sich selbst ein paar Salzkristalle auf die Zunge und schloss die Augen.

Die beiden ließen den Geschmack auf der Zunge zerschmelzen. Auch der Hund schloss die Augen. Vor ihm zogen Wolken vorbei. Steiniger Boden. Trockene Falten unter grauen Haaren. Fell eines struppigen Tiers, vom Wind zerzaust. Karges, verblichenes Kraut, knorriger Wuchs zwischen wuchtigen Felsen.

Dumpf konnte man von draußen die feiernde Meute hören, ein weicher Brei aus Bässen und Gegröle quoll unter dem Türschlitz durch, ab und zu stach ein schriller Schrei heraus. Valentino löste seine Zunge vom Gaumen, gedankenverloren blickte er auf die weißen, grauen und grünen Krümel auf dem Blatt Papier in seiner Hand.

10

ES WAR FRUEHER Morgen, die nächtliche Beleuchtung durchflutete noch den Boulevard, die Straßen glühten gelb und rot, jemand hatte sie in tausend Tonnen Glutamat getunkt, nur langsam lösten sie sich im blassen Morgenlicht auf. Wir lungerten auf einer Bank herum, der Hund und ich und eine Handvoll Jungs aus dem El Cion. Bald würde die Sonne über der Stadt aufgehen, in wenigen Stunden würde einer von uns die Kaffeemaschine in der Küche anschmeißen, zischend und zärtlich schnarchend würde sie uns die Seele streicheln, bevor die Türen des Restaurants geöffnet würden. Vor uns stand Saids AMG, wir hatten uns um den Wagen herum versammelt und begutachteten den Motor, Said platzte vor Stolz, wie ein Gockel stiefelte er um seinen Schatz. Conny saß hinter dem Steuer.

Alisha kam aus dem Restaurant, die Sonnenbrille tief ins Gesicht gezogen.

Hey, sagte sie, als sie näher kam, wessen Schlitten das denn sei, ob der einem von uns gehöre.

Said suchte nach einer Antwort, doch jede Pore von Alisha war dem Hund zugewandt, sie lächelte ihn an.

»Hey«, gurrte sie noch einmal, dieses Mal war nur er damit gemeint. Sie strich sich durch die Haare und wirkte nicht mehr wie eine Frau Ende dreißig, sondern wie ein junges Mädchen, das einem gut aussehendem Skater zwei Klassen über ihr gegenüberstand.

Die Karre sei von ihm, die gehöre seinem Cousin, meinte Said, ob sie sich mal reinsetzen wolle und wie sie den Wagen finde.

Sie finde, die Karre sei viel zu klein für ihn, antwortete Alisha, wie wolle er denn die ganzen Nutten auf den Rücksitz kriegen, oder wolle er etwa alleine mit der Kiste durch die Stadt eiern?

Conny grölte vor Lachen, sie war komplett drüber.

Alishas Wagen würde er aber locker abhängen, warf ich in die Runde. Frauen stehen drauf, wenn man sie ein bisschen provoziert, doch Alisha reagierte nicht, sie schien mich nicht gehört zu haben.

»Deine Karre mach ich im zweiten Gang platt«, schleuderte Said Alisha entgegen.

»Ach ja? Da wär ich mir mal nicht so sicher«, antwortete Alisha mit einer hochgezogenen Augenbraue und blickte den Boulevard hinunter, die Straßenbeleuchtung floss über den schwarzgrauen Asphalt, die ganze Stadt schlief noch, keine Menschenseele war zu sehen.

»Bis zum Denkmal?«, fragte sie.

Nein, das würde nicht gehen, er müsse die Karre morgen früh zurückbringen, sagte Said und trat von einem Fuß auf den anderen. Erst jetzt merkte er, worauf er sich eingelassen hatte.

Sie wolle jetzt aber mit Saids Wagen fahren, sagte Conny und rutschte auf dem Sitz hin und her, dass ihre nackten Oberschenkel auf den Alpakaledersitzen quietschen wie eine Trillerpfeife. Langsam wurde es eng für Said, je mehr er sich zierte, desto hartnäckiger wurden die beiden Frauen.

»Feigling!«, schmetterte Alisha ihm entgegen.

Conny schnallte sich schon mal an, es war nur noch eine Frage der Zeit, bis sie das Gaspedal bis zum Anschlag durchdrücken würde. Ihr Bruder hatte eine Zeit lang in einer Autovermietung gearbeitet, es wäre nicht das erste Mal, dass sie fünfhundert PS reiten würde. Romanov ließ sich auf die Bank zwischen mich und den Hund fallen.

Man brauche noch eine Tussi, die eine Fahne schwenke, sagte Alisha, ob einer von uns eine halb nackte Tussi am Start hätte, und dann sagte sie, dass ich das ja machen könnte.

Conny lallte, ja, Superidee, los, ich solle nicht so rumzicken, ich könne ja mein T-Shirt als Fahne nehmen.

Sie solle sich ficken, antwortete ich, sie sei selbst eine halb nackte Tussi und könne ihre eigene Fahne schwenken. Es war als Witz gedacht, aber als niemand lachte legte ich nach, dass der Hund das doch machen solle, der gehe doch prima als Tussi durch, aber auch darauf ging niemand ein, es war, als hätte ich etwas Unpassendes gesagt.

In diesem Moment fuhr eine alte schwarze S-Klasse an uns vorbei, machte eine Vollbremsung, die Reifen quietschten, und eine kalte, eiserne Faust griff mir in den Nacken, ich hatte dieses Gefühl längst vergessen, jetzt war es wieder da, grinste uns an, und dann fuhr es im Rückwärtsgang zurück, bis es auf unserer Höhe war, und ließ die Scheibe hinunter.

Es war Vaslav, er sagte, schau mal einer an, seine beiden Freunde, uns hätte er ja fast vergessen. Auf der Rückbank saß seine kleine Tochter im Kindersitz, auf dem Bauch ihr Kindergartentäschchen, in der Hand ein billiges Tablet mit einem kreischend bunten Computerspiel, sie flog durch rosafarbene Datenhügel und sammelte Erdbeeren und Kirschen ein.

Aus seinem Handschuhfach kramte Vaslav einen kleinen, ausziehbaren Schlagstock hervor, seine Hände zitterten vor Aufregung, er stieg aus und steuerte auf den Hund und mich zu.

»Ich will meine scheiß Kohle wiederhaben, sofort!«, knurrte er uns wie ein verletzter Kampfhund an.

»Papa?«, rief seine Tochter vom Rücksitz.

»Gleich, Süße, Papa kommt gleich«, sagte Vaslav auf Russisch und zog den Totschläger auseinander, das Geld aus der Kasse fehlte ihm schmerzlich, und dass der Hund und ich nicht mehr die armen Schlucker von damals waren, machte es nicht leichter für ihn, doch dann stand Romanov, der Gardemanger, schwerfällig von der Bank auf und versperrte ihm mit seiner hünenhaften Gestalt den Weg.

»Was los?«, wollte er wissen.

»Lass mich vorbei, du Stricher«, grunzte Vaslav. Jetzt kam auch Said dazu und stellte sich neben Romanov, wie eine Wand standen die beiden vor uns und blockten Vaslav ab.

»Was haste denn vor? Wohin soll denn die Reise gehen, kann man dir helfen?«, krähte Said.

»Der da, der Typ da auf der Bank da, der mit den fiesen Augen, der schuldet mir noch Geld, der Wichser«, sagte Vaslav und fuchtelte mit seinem Totschläger herum, als wäre er ein Lehrer mit Zollstock vor einer Tafel.

»Echt jetzt? Der schuldet dir noch Geld? Hat er Sex mit dir gehabt, oder warum?«, fragte Romanov trocken.

Said und Conny bellten vor Lachen, und auch Alisha grinste schief, Vaslav war kurz davor, blind um sich zu schlagen, sein Totschläger wippte hysterisch in seiner Hand, doch er stand einer Truppe von sieben bis acht Köchen gegenüber, er war alleine, und seine Tochter saß im Auto.

»Die haben meine Kasse geklaut, die ganze Kohle, die beiden da.«

Romanov drehte sich zum Hund und den anderen Köchen aus der Brigade um.

»Stimmt das? Hat einer dem Herren hier Kohle aus der Kasse geklaut? Nein? Sicher nicht?«, fragte er und blickte dabei in die

Runde, keiner rührte sich, Romanov zuckte ergebnislos mit den Schultern.

»Nee, tut mir leid, aber hier hat niemand deine Kohle geklaut, hast du ja selbst gesehen, ich habe alle gefragt«, erklärte er. Vaslavs Wut schäumte über und tropfte auf den Asphalt, aber er war kein Idiot, er wusste, dass er keine Chance gegen diese sturen Typen hatte, alles Kanaken, alles Wichser.

»Papaa!«, rief seine Tochter vom Rücksitz und holte ihn wieder aus seinen Gewaltfantasien zurück in die Realität. »Wenn ich euch alleine erwische, Alter, dann schlage ich euch so tot, mit eigenen Händen, so hier«, und dann zerdrückte Vaslav den Totschläger in seinen Händen, als ob er Saft aus ihm quetschen wollte. Schließlich stieg er keuchend vor Wut in seine S-Klasse und düste davon, wir blickten ihm hinterher, bis seine Rücklichter verschwunden waren.

»Also, was ist jetzt?«, wollte Alisha wissen.

Die Frage ging in erster Linie an Said, doch Alisha gab ihm keine Chance, zu Wort zu kommen, sie ließ die hinteren Reifen aufjaulen, dass es rauchte, Conny grölte vor Vergnügen und versuchte, es ihr nachzumachen. Zuerst hoppelte sie nur ein paar Schritte, aber dann kriegte sie es hin. Die Jungs gingen in Deckung und hielten sich die Hände vor das Gesicht, Qualm stieg auf, der Geruch von verbranntem Gummi eroberte die Straße, es stank, als wäre ein Scheiterhaufen aus Autoreifen in die Luft geflogen.

»Drei ... zwei ... eins ... Los!«, kreischte Conny.

Alisha legte einen harten Start hin und bretterte mit Vollgas die Straße runter, Conny startete ein paar Sekunden später, ließ die Kupplung knallen, dass Said in die Knie ging und die Zähne zusammenbiss, dann jagte sie Alisha hinterher, und ich schloss die Augen und lehnte meinen Kopf zurück.

Das Heulen der Motoren verblasste nach und nach in der Dunkelheit, und schließlich verschwanden auch die Schlusslichter, und dann wurde es still.

Am Ende des Boulevards, dort, wo allmählich das Industriegebiet anfing, glomm das erste Tageslicht. Die Zigaretten waren alle, Romanov und Said gingen welche holen.

Der Hund und ich blieben auf der Bank sitzen, tiefe, endlose Ruhe breitete sich in mir aus. Penner wie Vaslav konnten uns nichts mehr anhaben. Wir waren Köche aus dem arrogantesten und härtesten Stall der Stadt, die guten Tage waren angebrochen. Zarte Musik legte sich über meine Seele, die Erinnerung an den Gestank von ranzigem Bratfett, billigem Speed und altem Dönerfleisch löste sich für immer auf.

Die ersten Vögel zwitscherten in der frischen Morgenluft. Ein etwa sechzehnjähriger Junge stromerte über den nächtlichen Boulevard wie ein herrenloser Köter auf der Suche nach Essbarem. In einer Hand schleppte er eine gelbe, prall gefüllte Plastiktüte mit sich herum. Der Hund blickte ihm hinterher, bis auch er in der Nacht verschwunden war.

Am nächsten Morgen kroch mir der Geschmack von Tusche zwischen meine Zähne und sammelte sich in meinem Rachen. Bitter und tintig, wie trockener Wein. Ein hässlicher Typ mit einer Haut wie ein Hühnchen und einem dürren, frizzeligen Bart zerrte an meiner Unterlippe, als ob er sie abreißen wollte, doch ich saß still und bewegte mich nicht, und ich fragte mich, ob das wirklich sein musste, noch etwas länger, und ich hätte diesem Opfer eine geklatscht. Der Hund saß auf einem Sofa gegenüber und blätterte die Portfolios der Tätowierer durch. Nach einer Ewigkeit war der Typ fertig und hielt mir einen Spiegel vors Gesicht. Auf der Innenseite meiner tauben Unterlippe prangte das Tattoo einer Schlange vor einem Apfel, der strahlte wie die Sonne.

11

FUER DEN MITTAG war wieder Hitzegewitter angesagt, aber es blieb ruhig, und die Sonnenstrahlen eines warmen Vormittags fielen durch die großen Fenster im Speisesaal.

Die Küche war blank und sauber. Das Reinigungspersonal war vor wenigen Minuten gegangen. Die Herde und Öfen waren noch kalt, die Vordertür geschlossen, nur die Kaffeemaschine zischte, Conny machte Espressos für uns. Die Brigade hatte sich fast vollständig im Restaurant versammelt. Die meisten von uns hatten ihre Uniform für den kommenden Arbeitstag an, doch der Rest war privat hier, der Geruch des frischen Kaffees drang aus der Küche in den Speisesaal. Valentino war nicht bei uns im Restaurant, er war live, im Fernsehstudio, auf Sendung.

Auf einem provisorisch aufgebauten Flatscreen im Speisesaal konnte man ihn sehen, er saß in einer Talkshow auf einem blauen Sofa und war gepudert und ausgeleuchtet wie ein Superstar, die Wand hinter ihm schimmerte, als würde silbernes Licht durch eine elektronische Wasseroberfläche elegant und futuristisch durch die Luft schweben.

Lily stand etwas abseits, ihre Arme waren verschränkt. Sie war jetzt die Ranghöchste im Raum.

Kai van der Koij war schlau, gebildet und eigentlich zu alt für seinen Job, doch wer regelmäßig Fernsehen schaute wusste, dass er eine Legende war. Man kannte ihn schon aus den Achtzigerjahren. Als Jungspund hatte er damals die Talkshow revolutioniert, er war der Wirbelwind der öffentlich-rechtlichen Programme gewesen. Mit den Jahren wurden die Farben hinter ihm kälter und glatter, und man konnte in Realzeit zuschauen, wie Kai van der Koijs Gesicht allmählich verwelkte und runzelig wie eine Kartoffel wurde. Jedes Haar auf seinem Kopf wurde von einem Maskenbildner einzeln betreut und am Leben gehalten. Kai van der Koij war eine Koryphäe, und er sollte als Fossil am Leben bleiben, viele Akademikerinnen hätten ihn gerne geheiratet, immer noch, die Quoten sprachen da eine klare Sprache. Die Beine in edlem Maßanzug übereinandergeschlagen, die Karteikarten mit Fragen lässig wie ein Royal Flush in der Hand, jede Geste von ihm stand für ein Jahrzehnt Fernsehunterhaltung, routiniert, souverän, provokant und belesen.

Valentino saß im Sessel wie hingegossen, auch er sah gut in seinem Anzug aus, interessant und charismatisch, die Gerüchte seiner wilden Jahre flatterten um ihn herum wie Schmetterlinge. Während sich van der Koijs Lippen bewegten und ausschweifend über die Kochszene referierten, musste Valentino aus irgendeinem Grund wieder an den Heilbutt vom Hund denken, und mit der Erinnerung an den Geschmack kam die Erinnerung an die Horden da draußen zurück, Horden von jungen, wilden Köchen, die genauso über ihn herzogen, wie er damals über Bocuse, die alte Naziratte, hergezogen war. Valentino blickte in die Kamera und versuchte zu erkennen, ob sich die jungen Rekruten bereits hinter der Linse zusammengerottet hätten und über seinen Anzug, seine wenigen Haare und seinen fetten Bauch lustig machten.

»Fickt euch«, murmelte er.

»Wie bitte?« Van der Koij unterbrach seine Frage und legte

den Kopf schief, diese Bewegung machte er immer, wenn er ins Stocken geriet.

»Nichts«, winkte Valentino ab.

Nun ja, sagte Van der Koij und versuchte, den Gesprächsfaden wieder aufzugreifen, es möge zwar niemand offiziell zugeben, aber es sei doch so, dass im Grunde allein die Tatsache, das Nido ein Restaurant überhaupt betrete, eine so große Auszeichnung sei, dass der dritte Stern gar keine Rolle mehr spielen würde. Das, was Anna Wintour für die Modewelt sei, sei Nido für die Haute Cuisine, würden die einen behaupten, oder Osama bin Laden für die Restaurants, würden die anderen sagen. Nido habe ja schon Küchen mit seinen Kritiken derartig attackiert, dass sich Köche deswegen umgebracht hätten.

Valentino stimmte ihm kopfnickend zu, aber worauf wolle er hinaus, was wolle er damit sagen? Er, Valentino, halte Nido für überschätzt, und zwar gründlich, mehr falle ihm dazu nicht ein.

Lily hatte einen leichten Scharzhofberger Riesling geöffnet und schenkte ihren Köchen ein.

Während man im Speisesaal dem König auf dem Bildschirm andächtig zuhörte, drücken sich der Hund und ich alleine in der Küche herum. Ich versuchte, ihm ein paar weitere wichtige Handgriffe beizubringen, ich wäre lieber bei den anderen gewesen, doch das musste jetzt sein, der Hund beherrschte immer noch nicht einmal die einfachsten Handgriffe und Abläufe, seine Entwicklung trat im Grunde auf der Stelle. Dass Pilze nicht gewaschen wurden, sondern nur abgebürstet, weil sie sonst glitschig wurden, schien er immer noch nicht begriffen zu haben, genauso wenig, dass man Fleisch, wenn es einmal in der Pfanne lag, nicht mehr anfasste, nicht mehr drückte, am besten nicht einmal mehr anschaute, bis es auf dem Teller landete, oder dass man Essen in jedem Stadium würzen müsse und nicht erst am Schluss.

Die *Times* habe Valentino vor fünfzehn Jahren als das Alphatier unter den Spitzenköchen bezeichnet, sagte van der Koij, danach sei es Jahr um Jahr ruhiger um ihn geworden. Jetzt, seit ein paar Monaten, sei er wieder in den Fokus der internationalen Kochszene gerückt, auf der Titelseite der Gourmet Frankreich würde er als ein »aus dem Schlaf erwachter Titan« bezeichnet. Was passiert sei, was sich geändert habe, wollte van der Koij schmunzelnd wissen, er wartete auf etwas Skandalöses. Valentino lehnte sich zurück. Weise und müde.

Nichts, was solle sich denn geändert haben, antwortete er.

Aber er bitte ihn, inzwischen habe man doch vom Neuzugang in seiner Küche gehört, von dem neuen Souschef, wer sei denn dieser Junge? Doch noch bevor Valentino antworten konnte, wendete sich Kai van der Koij an die Kamera. Für die Zuschauer habe man einen Einspieler vorbereitet, dann flatterten Aufnahmen aus der Küche des El Cions über den Bildschirm.

Ein Schrei ging durch die Reihen. Man johlte, man war im Fernsehen, und da hinten, da sei man gerade durchs Bild gelaufen, man fasse es ja nicht. Alle grölten Beifall, nur Lily stand eingefroren mit der Weinflasche in der Hand im Raum und starrte auf den Bildschirm.

Was hatte dieser arschgefickte van der Koij da gerade gesagt? Hatte er gerade »neuer Souschef« gesagt?, fragte sich Lily. Sie blickte in die Runde, ob jemand eine beruhigende Erklärung für sie parat hätte, doch niemand war bereit, sich in die Schusslinie zu begeben, und keiner wollte verpassen, sich selbst im Fernsehen zu sehen. So gut wie alle hatten ihr Handy gezogen, und man filmte was das Zeug hielt, man rief nach dem Hund und mir, wir dürften das nicht verpassen, wir sollten kommen, schnell. Jetzt konnte man den Hund auf dem Bildschirm sehen, wie er sich an den Gewürzen vergriff, mit bloßen Händen das heiße Fleisch aus der

Pfanne zerrte und die verbrannte Kruste unter fließendem Wasser abkratzte wie Farbe von einer Leinwand. Die Kamera schwenkte zur Seite, dort war ich, jünger, als ich mich in Erinnerung hatte, ich kam auf den Hund zu, man konnte sehen, dass ich versuchte, lässig zu wirken, doch ich war nur verschwommen im Vordergrund zu sehen, der Fokus war hinten, auf dem Hund, er war gerade dabei, Eiswürfel auf brüllend heißes Fleisch zu schmeißen.

Dann kam Alisha ins Bild, geschminkt wie die Sünde am Tag des Jüngsten Gerichts saß sie mit überschlagenen Beinen im Speisesaal. Zu kochen scheine die einzige Art für ihn zu sein, seine Umwelt wahrzunehmen, sagte sie mit schwülstigem Augenaufschlag. Wie andere mit ihren Augen und Ohren, so sehe und höre er mit seinem Geschmack, dann feuerte sie ihre Haare nach hinten. Schließlich kam Valentino zu Wort, die Kamera hatte ihn am Pass eingefangen, störrisch hielt er die Arme vor der Brust verschränkt, ja, der Junge lerne schnell, wie das hier im El Cion laufe, und er meine, gut, sein Stil sei wirklich speziell und interessant, der Rest des Satzes war abgeschnitten, und man sah wieder Alltagsmomente aus dem El Cion und Bilder von schönen Menschen im Speisesaal.

Lily starrte fassungslos auf den Fernseher. Der Hund sei doch nicht der neue Souschef, warum korrigierte Valentino diesen Pisser nicht?

Die Kameras schnitten zurück in das Fernsehstudio. Valentino saß immer noch reglos, ein Arm raumgreifend über die Lehne gelegt, auf dem leuchtend blauen Sofa.

Würde Valentino denn mit dem Gedanken spielen, dieses junge Talent zu seinem Nachfolger zu machen?, wollte Kai van der Koij scherzhaft wissen, er hoffte, dass sich Valentino und er endlich auf einer ironischen Ebene treffen könnten, manch einer würde sich ja ab einem gewissen Alter allmählich aus dem Geschäft zurückziehen, sagte van der Koij und steuerte das Interview mit dieser Bemerkung zielstrebig auf scharfkantige Klippen zu.

Valentino durchbohrte ihn mit kalten Augen, Kai van der Koij begann sich langsam um Kopf und Kragen zu reden, er sagte, das sei ja in der Küche wie beim Sport, das gehe auf die Gesundheit, und Valentino sei ja jetzt auch seit ein paar Jahrzehnten dabei, wie lange sei er denn jetzt eigentlich in der Gastronomie tätig.

Valentino ließ ihn auf Grund laufen, und Kai van der Koij suchte in seinen Karteikarten nach einer Lösung.

Nun gut, komme man nun zu seinem neuen Kochbuch, sagte er und zog ein Exemplar hinter seinem Sitz hervor.

Es erscheine nächste Woche, richtig?

Das Kind war aber schon in den Brunnen gefallen, Valentino sah auf seine Uhr. Van der Koij hielt das Buch so, dass es die Zuschauer gut sehen konnten, vielleicht könne die Kamera mal kurz …

Die Türe vom Speiseraum knallte. Lily hatte sie hinter sich zugeschmissen.

12

IN DIESER NACHT standen der Hund, die Jungs aus dem El Cion und ich vor einem Vierundzwanzig-Stunden-Kiosk gegenüber des Gaspar und feierten unseren Auftritt im Fernsehen, wir hatten uns mit frischen Zigaretten eingedeckt, und Romanov stopfte M&Ms in sich rein, wir diskutierten, wer in welchem Auto mitfahren würde oder ob man doch lieber Taxis nehmen sollte, vor dem Club könne man schlecht parken. Aus Alishas Anlage sprudelten R&B-Hits, seicht, sexy, tausendmal gehört und im Moment genau das Richtige. Said stand mit seinem geliehenen AMG daneben und ließ den Motor heulen.

»Ich fahr bei Said mit, notfalls sitze ich auf dem Schoß vom Hund«, schlug Conny vor.

»Nee, Süße, du sitzt bei mir hier vorne und hilfst mir, den Weg zu finden«, sagte Alisha und machte Conny einen Strich durch die Rechnung.

»Du kannst bei mir auf dem Schoß sitzen«, schlug ich vor.

»Sehr witzig«, sagte Conny und zeigte mir den Finger, dann tauchten eine Handvoll Köche aus dem Gaspar auf der anderen Straßenseite auf, einem von ihnen fehlten die Vorderzähne, ein anderer hieß Claude, er war der Souschef des Gaspar. Als sie uns sahen, gingen sie auf uns zu.

Der Hund lebte in einem Schneckenhaus, und er streckte nur selten den Kopf hinaus, die ganze Nacht war er wie abwesend neben uns hergelaufen, doch jetzt kam Leben in ihn, es schien, als ob er aufwachte und erst jetzt merkte, dass er mit uns durch die Straßen stromerte.

Inzwischen waren die Brüder des Gaspar bis auf ein paar Meter an uns herangetreten, und sie starrten den Hund an, als würden sie einem Marsmenschen gegenüberstehen. Claude hatte sich sogar so nahe gewagt, dass wir uns die Hände hätten schütteln könnten, wenn es einer von uns darauf angelegt hätte. Die Luft knirschte wie eine Hochspannungsleitung im Nebel, die Brigade des Gaspar baute sich geschlossen hinter Claude auf, und auch wir rotteten uns zusammen, man wusste ja nie, ob die Situation entgleiten und wie der Abend enden würde.

Claude legte den Kopf schief.

»Bist du nicht der Typ aus dem El Cion?«, wollte er wissen.

Der Hund antwortete nicht, er blickte Claude neugierig an, als ob der wichtige Teil seiner Frage erst noch kommen würde.

»Ihr seid doch alle aus dem El Cion, oder nicht?«, fragte Claude in die Runde, doch keiner reagierte, wir hatten das offizielle Gesicht der Brigade angezogen. Hart. Verschlossen. Arrogant.

»Ja. Und?«, gab ich schließlich von mir.

»Fahr los«, sagte Conny zu Alisha, dann rief sie uns aus dem Auto zu: »Jungs, steigt ein, wir wollen los.«

Wir trafen zum ersten Mal auf Mitglieder der Brigade des Gaspar, zum ersten Mal sah ich sie aus nächster Nähe, nie im Leben wäre ich jetzt abgehauen. Angst hatte ich keine, Vaslav war der Erste, der fluchtartig das Weite gesucht hatte, die Jungs vor uns wären die Nächsten. Meine Stimmung war aufgekratzt wie ein Fieberthermometer unter einem Bunsenbrenner, und mein Zahnfleisch kribbelte.

»Bist du der Typ, der die Nummer mit den Vögeln geliefert hat?«, fragte Claude den Hund.

Der Hund nickte.

Claude musterte ihn und lächelte ihn an.

»Na, dann komm doch mal bei uns vorbei, Gaspar würde sich freuen, unser Saucier hört nächste Woche auf. Wir haben noch keinen Ersatz, wer weiß …«

Alisha lachte, Romanov auch. Jetzt war ich an der Reihe. »Das ist ein Witz, oder? Wer etwas von dem will, muss zuerst mit mir reden.«

»Was jetzt? Ja oder nein? Nächste Woche? Nur mal kurz vorbeischauen und Hallo sagen«, wollte Claude vom Hund wissen.

»Hey, ich rede mit dir«, sagte ich zu Claude.

Der Hund wurde aufmerksam und fragte etwas, das keiner richtig verstand, nur das Wort »Himalajasalz« war deutlich zu hören.

»Eh, sag mal spinnst du?«, sprang ich dazwischen und stieß den Hund heftig in die Seite. Claude merkte, dass er den Schlüssel zu ihm gefunden hatte, wie aus der Pistole geschossen sagte er: »Himalajasalz? Alter, wir haben vierundzwanzig verschiedene Sorten Salz, das Himalajasalz, das du meinst, ist ja ganz nett, aber hast du schon mal schwarzes Salz aus dem …«, doch der Hund ließ ihn gar nicht ausreden.

Er war einverstanden. Er nickte und ging auf Claude zu und zerrte mich am Arm hinter sich her, er war bereit, Claude überallhin zu folgen.

»Nee, warte«, sagte Claude zum Hund. »Du kannst nicht mit den ganzen Opfern hier bei uns aufkreuzen, wenn du vorbeikommen willst, dann nur, wenn du alleine kommst.«

»Wer? Welche Opfer? Wen genau meinst du mit ›Opfer‹?«, fragte ich nach, das wollte ich jetzt doch genauer wissen.

Zum ersten Mal blickte mich Claude an und musterte mich von oben bis unten. Er sah aus wie ein Fernfahrer aus Marseille, klein, dunkle Haut, weder Hals noch Hinterkopf.

»Was will der denn hier? Hat der was zu melden?«, fragte Claude den Hund. »Na egal, melde dich einfach, wenn du Interesse hast«, dann wandte er sich ab und wollte sich an mir vorbeidrängen, doch daraus wurde nichts, ich rammte ihn weg, augenblicklich ließ Claude seine Tasche fallen und stieß mich brutal zur Seite, genau darauf hatte ich gewartet. Ich holte aus und traf ihn so hart an der Schläfe, dass er fast umgerissen wurde, doch sobald er sein Gleichgewicht wiedergefunden hatte, sprang er mich an wie eine Wildkatze, warf mich zu Boden und hämmerte hemmungslos auf mich ein. Zwei andere Köche aus dem Gaspar wollten auf mich eintreten, Romanov versuchte noch, ihnen den Weg abzublocken, doch er wurde zur Seite geschleudert, schließlich kam der Hund dazu und wollte mir helfen, dann stürzten sich die übrigen Jungs aus dem Gaspar auf uns.

13

DAS LICHT in der Küche des El Cion flackerte, grün und kalt, der Hund jaulte, seine Rippen mussten höllisch schmerzen. Er hatte eine Platzwunde auf der Stirn, das Blut lief ihm über das Gesicht, und mir ging es auch nicht besser, wir sahen aus, als wären wir aus dem Krieg gekommen. Conny half dem Hund, sich auf einen Stuhl zu setzen. Der Rest der Brigade hatte sich in alle Winde verstreut, der Hund, Conny, Alisha und ich waren alleine in der nächtlichen Küche.

Der Hund brummte vor Schmerzen, Alisha drängte Conny zur Seite.

Warte, sagte sie, ich mach das, und dann kümmerte sie sich persönlich und eigenhändig um den Hund.

Conny passte das überhaupt nicht, sie hatte sich darauf gefreut, den Hund zu verarzten, ihm nahe zu sein und ihn anzufassen, aber sie fügte sich wortlos der Frau des Chefs und kümmerte sich stattdessen um mich, mir ging es schließlich auch nicht besser. Aus dem Erste-Hilfe-Schrank an der Wand neben dem Eingang kramte Conny Verbandszeug hervor, Alisha nahm ihr ein paar Pflaster, Desinfektionsmittel und Tücher aus der Hand.

»So, mach mal die Augen zu, jetzt brennt's gleich ein bisschen«, grunzte sie, als wollte sie dem Hund gleich ein Kondom überziehen. Doch bevor sie anfing, ihm das Desinfektionsmittel über die Wunden zu kippen, zerrte sie ihm völlig unnützerweise sein T-Shirt über den Kopf, mit nacktem Oberkörper saß er auf seinem Stuhl an der Küchenzeile, Alishas Augen gingen auf Halbmast, sie gab sich nicht einmal Mühe zu verbergen, dass sie kurz davor war durchzudrehen.

Ich saß am anderen Ende der Küche und hätte kotzen können. Ich war wirklich sauer auf diesen Penner. Nach allem, was ich für ihn getan hatte, war die Nummer heute Abend eine echte Enttäuschung.

»Alter«, bellte ich ihn an, »du hättest dich sehen sollen. Wie eine scheiß Cracknutte, die man fragt, ob sie's auch für fünf Euro macht.«

Debil und mit halb offenem Mund äffte ich ihn nach, wie er nickte, als Claude ihn fragte, ob er ins Gaspar wechseln wolle.

»Scheiß auf das Salz, das hier ist Familie. Familie, Alter! Du Hurensohn fickst doch auch nicht ...«, aber den Satz brach ich rechtzeitig ab, und Alisha tat so, als hätte sie nichts gehört.

»Schnauze halten und Kopf zurück«, sagte sie, zog den Kopf vom Hund nach hinten und wischte ihm das Blut aus den Augen. Conny beobachtete die beiden heimlich über die Spiegelung eines verchromten Kühlschranks.

»Das gibt eine Riesenbeule, wo habt ihr das Eis?«, fragte Alisha, obwohl sie ganz genau selber wusste, wo das Eis war.

Da, sagte der Hund und zeigte zum Kühlraum. Alisha ging das Eis holen, doch mit ihren langen, zarten Fingern stellte sie sich an der schweren Eisenklinke zum Kühlraum absichtlich so ungeschickt an, dass sie aufgab und einen vorwurfsvollen und auffordernden Blick zum Hund warf. Schließlich erhob er sich schwerfällig und wankte durch die Küche auf sie zu. Im Kühlraum kramte er einen Plastiksack mit Eis aus einer Edelstahlwanne hervor. Alisha riss ihm den Sack aus der Hand und drückte das Eis gnadenlos auf seine Platzwunde. Der Hund stöhnte leise auf und kippte fast in Ohnmacht.

»Jetzt komm, tu nicht so. Stell dich nicht so an, du Pussy«, flüsterte sie und starrte auf seinen muskulösen und drahtigen Rücken.

Die Kühlanlage und die Lüftung brummten, als wäre man im Inneren eines Kernkraftwerks, das Licht aus den Neonröhren tauchte alles in einen grasgrünen Schein, die Kacheln, die Edelstahlregale, die Kisten, die ungeöffneten Kartons mit angelieferten Waren, die Plastikverpackungen mit Jakobsmuscheln, Wagyu-Ribeye-Steaks und Koikarpfen, alles war grün wie eine Wiese zu Ostern. Kein Wort ging Alisha über die Lippen, nichts schien der Situation angemessen, wortlos drückte sie ihm das Eis an die Stirne, in wenigen Sekunden würde die knackende Kälte unerträglich werden, und sie würden nach draußen gehen.

Das erste Mal, als Alisha ein Essen aus einem Restaurant zu sich genommen hatte, das war vor vielen, vielen Jahren. Damals war sie ein kleines Mädchen, aber an das Essen und an den Geschmack erinnerte sie sich so, als wäre es gestern gewesen. Zum ersten und zum letzten Mal in ihrem Leben war sie mit ihrem Vater in den Urlaub gefahren, danach hatte sie ihn nie wiedergesehen, es hieß, er habe Probleme mit ein paar Leuten, und ob er inzwischen überhaupt noch lebte, war keineswegs sicher.

Von seinem letzten Geld hatte er eine Marinara für die beiden bestellt, die billigste, die auf einer schmierigen Menütafel zu finden war, unten am Strand in einer brüchigen Straßenpizzeria, und um sich das Geld für die Getränke zu sparen, hatte er sich die Pizza zum Mitnehmen einpacken lassen. Auf einer Hafenmauer hinter der Pizzeria, dort, wo die Vespas und Mofas standen, zwischen den überschäumenden Mülltüten und Kartons, auf altem, Hunderte von Jahre altem Stein saßen die beiden und schlangen das Ding hinunter, und Alisha wusste nach dem ersten Bissen, dass sie den Geschmack ihr ganzes Leben lang nicht vergessen würde.

Der krustige, im Steinofen gebackene Boden, die salzigen Tomaten, die leicht angebrannten Blätter von Oregano und Rosmarin, der Geruch des öligen Meerwassers, der Fische, des Seetangs und des Diesels der einlaufenden Fähren und Kähne und der Teer auf den vergammelten Tauen drangen in ihre Nase, in ihre Zunge, in ihre Haut und dann in ihr ganzes Wesen.

Auf der Mole gegenüber lungerte eine Gruppe Mädchen herum. Sie waren ein paar Jahre älter und verwegener als Alisha, und sie grinsten die jungen Pizzabäcker frech an. Es waren Ferien, die Jungs schwitzten, was das Zeug hielt, einer von ihnen, der älteste und dürrste, schien schon volljährig zu sein. Wie Che Guevara hatte er sich ein Geschirrtuch um den Kopf gebunden, er dachte, er wäre der Coolste, und die Mädchen dachten das auch, das Wochenende stand vor der Tür, und eines der Mädchen, das mutigste von ihnen, wollte ihn haben, schließlich gab sie sich einen Ruck und steuerte auf ihn zu.

Mit vollen Backen beobachtete Alisha das Mädchen, wie sie eine Pizza für sich und ihre Freundinnen bestellte und sagte, dass sie kein Geld dabeihatte, und dann merkte Alisha an der Art, wie die beiden miteinander umgingen, dass der dürre Junge bereits ihr Freund war. Er drehte sich weg und sagte, dass sie verschwinden solle, dass er beschäftigt sei und dass er ihr nicht einfach eine Pizza umsonst backen dürfe, der Chef würde jeden Moment wiederkommen, und dann knurrte sie ihm etwas ins Ohr, und eine Viertelstunde später hatte sie eine Pizza mit Tomaten, Oliven und Sardellen unter dem Arm und steuerte mit ihr zurück auf die andere Straßenseite, zurück zu ihren jubelnden Freundinnen. Es waren die Neunziger, aus einem der parkenden Autos donnerte billiger Eurotrash, Gigi D'Agostino, L'amour Toujours, und Alisha beschloss, dass sie später, wenn sie einmal groß wäre, so groß wie die Mädchen an der Mole, dass sie dann einen Koch heiraten würde.

Doch die Zeiten, in denen sie davon träumte, mit Valentino zusammen abzuhauen, in eine fremde Stadt, dort, wo sie niemand finden konnte, waren lange vorbei, und vorbei waren auch die Zeiten, in denen sie Frauen hasste, die sich an ältere Männer hängten wie Ertrinkende an verschimmelnde Bojen, Frauen, die nicht in der Lage waren, etwas anderes zustande zu bringen, als ihre langen Beine spazieren zu führen.

Alisha legte ihre Arme um den Hals des Hundes. Die Jacht zum Leben, das sie eigentlich führen wollte, einem Leben in fernen Ländern, an der Seite eines wilden Typen, hatte längst abgelegt. Stattdessen war sie auf einem Touristendampfer gelandet, auf dem die Hälfte der Gäste schon vormittags besoffen war, auf dem man lustige Hüte und affige Sonnenbrillen trug.

Doch jetzt saß er plötzlich wieder vor ihr, Valentino, mit nacktem Oberkörper, drahtig und blutjung wie ein wildes Kind von der Straße, kühn und frei, unschuldig und gefährlich wie eine pochende Handgranate, die nur Alisha mit ihren langen, zarten und kühlen Fingern beruhigen konnte.

»Wenn uns Valentino jetzt sehen würde, wären wir tot, alle beide«, flüsterte sie und grinste, weil der Gedanke ihr gefiel. Sie fuhr mit der Hand durch seine Haare, zog ihren Rock hoch, ihren Slip zur Seite, setzte sich rittlings auf seinen Schoß und steckte ihm die Zunge in den Hals, und dann, als ihr klar wurde, dass sie seine erste Frau war, dass er von all den aufregenden Dingen bisher nur gehört hatte, nahm sie seine Hände und führte sie an die Stellen, an denen sie es mochte, und mit einem Mal war auch sie wieder blutjung, auf dem Rücksitz ihres ersten Freundes, der sich damals Hals über Kopf in sie verliebt hatte, bevor er sich ein Jahr später das Leben nahm. Die dicke Kruste aus Koks und Tränen und überreizten Gefühlen, die taub und stumpf und nur noch mit harten Schlägen zu durchbrechen war, schmolz dahin, als wäre sie nie gewesen, und sie war wieder jung und rein und schön.

»Hast du auch schon mal von seinem Essen gekostet«?, fragte Conny mich, als wäre es das Einzige, was in diesem Moment zählte.

»Das hat der Penner alles von mir gelernt, ich hab ihm das alles beigebracht, mir hat er das zu verdanken«, klärte ich sie auf. »Und so umwerfend ist es auch wieder nicht, was er da fabriziert.«

Ich war fertig mit dem Zerhacken, ich schleckte das Obstmesser ab und wischte mir über das Zahnfleisch, ich bot Conny den Vortritt an, ich war schließlich ein Gentleman, sie beugte sich herunter und schniefte alles mit nur einem einzigen tiefen Zug hoch, ich nahm den Rest.

»Jetzt pass mal auf, ich zeig dir was«, sagte ich zu ihr, während sie sich die Nase wischte. Ich holte mein Messerset hervor und breitete es vor ihr aus.

»Das hier ist von meiner Zeit damals im Aist. Handgemachter Damast-Kitae-ji in Masame-Itame-Technik geschmiedet.«

Conny atmete tief durch und fuhr mir seufzend durch die Haare. Den Hund konnte sie nicht haben, aber ich war als Ersatz auch okay.

»Ich will, dass du mich mästest bis ich platze, hörst du?«, grunzte Alisha dem Hund ins Ohr, und als sie sich selbst sah, wie sie an der Leine lag und auf allen vieren aus einer Schale schillerndes Wasser trank, schloss sie die Augen, und als sie kam, spritzte sie auf seinen Bauch, dass es nur so klatschte.

Alishas Haare waren nass.

Auf ihrer Haut perlte der Schweiß.

Sie drückte den Hund an sich, er gehörte ihr, nur ihr, jeder Frau an seiner Seite würde sie die Augen auskratzen, sie gehörte ihm, und er gehörte ihr, und noch viele Generationen später würden die Menschen von den beiden reden. Ja, Alisha und der Hund, das wären zwei gewesen, würde man sich erzählen, und man würde glasige Augen bekommen und es nicht erwarten können, mehr Geschichten von ihrer Liebe, ihrem Leben, zu hören, ständig auf der Flucht vor einem wahnsinnigen Koch, Valentino hieß er, er habe ihr nie verziehen. Lange Jahre hatte man ihn mit wirren Haaren um die Häuser ziehen sehen, immer auf der Suche nach den beiden, dem heiligen Glück. Es gab Leute, die hatten ihn gesehen, wie er in Hotelzimmern mit der Nase in ungemachten Betten herumschnüffelte, auf der Suche nach Spuren, ihr Parfum konnte er aus hundert Metern Entfernung riechen, und schließlich war es so weit, eines Tages fand er ihre Spur und schnitt ihnen den Weg an der Grenze zu einem fernen Land ab. Der Hund stellte sich vor Alisha, er wollte sie beschützen, und dort wurden sie begraben, die beiden, das junge Glück, nie wieder gab es eine Liebe wie die vom Hund und seiner Alisha.

Als sich die Kälte zu Wort meldete und Alisha wieder die Augen öffnete, sah sie, wie sich der Hund eins der frischen Filetstückchen auf der Edelstahlplatte aus dem Regal griff und ihren klatschnassen Körper damit abrieb, ihre Brüste, ihre Schenkel, ihren Schoß.

14

DAS VOLLGESOGENE Fleisch klatschte auf den Grill, das Fett tropfte, schlug grelle und hohe Flammen aus der glühenden Kohle und kreischte wie ein hysterischer, angeschossener Vogel.

Der Hund und ich standen hinter dem Grill am Catering. Wir hatten die Blessuren der letzten Nacht so gut es ging kaschiert und trugen frische Uniformen. Der Hund zog den Duft des scharf anbratenden Filets in seine Nase, und ich schloss die Augen.

Die Sonne schien. Hell und klar. Auf den weißen Ledersitz-Landschaften der Dachterrasse räkelten sich die Gäste, der liebe Gott hatte sie für ein opulentes Gemälde drapiert, handverlesen, jeden einzelnen.

Alisha war eine von ihnen, sie flirtete mit Valentino, ihrem Mann, dass es einem unheimlich werden konnte, und nur ganz, ganz selten verirrte sich einer ihrer Blicke in die Richtung des Hundes. Alisha war drauf und dran, sich Hals über Kopf in ihn zu verlieben, und sie hatte Angst vor sich selbst.

Dass der Hund sie noch gar nicht wahrgenommen zu haben schien, nervte sie und gefiel ihr gleichzeitig. Bisher waren ihr die Jungs nach der ersten Nacht hinterhergedackelt, dass ihr kotzübel davon wurde, aber der Hund schien irgendwie anders zu sein.

An den Tischen saßen teure Menschen, Freunde aus der hohen

Wirtschaft und der internationalen Medienbranche. Die Einladung zu Valentinos Buchveröffentlichung war eine Bestätigung, ein Orden, dass man es in den Olymp geschafft hatte, man war in Valentinos privater Wohnung angelangt, dort, wo irgendwo, hinter einer der verschlossenen Türen, sein Schlafzimmer und sogar sein Badezimmer lag. Man diskutierte und schwatzte, man lobte und pries, man schwelgte und fabulierte, man erzählte sich dies und das, und dann stopfte man sich die Wachteln in den Mund und den italienischen Schinken, denn der sei, oh mein Gott, und das Wohl und der Frieden der Welt, so belehrte man die Runde, das würde ja schon bei der Ernährung anfangen.

Auf einem kleinen Tisch waren in Hochglanzfolie verschweißte Ausgaben von Valentinos neuem Kochbuch arrangiert. Großformatig. Großspurig. Kalkweiß und überteuert. Pierre, ein Künstler und Freund des Hauses, hatte die Fotos geschossen, und sie kamen Meisterwerken gleich.

Besessen und kalt bearbeitete der Hund Alishas schweißnasses Filet auf dem Grill, als wäre es das Letzte, was er auf diesem Planeten hinterlassen würde. Seine Handgriffe waren inzwischen geübt, seine Finger schnell, er hatte in den letzten Wochen enorme Fortschritte gemacht. Ich beobachtete ihn, wie er mit dem großen Küchenmesser hantierte. Er war nicht mehr der kleine Bruder, der Wildfang von der Straße. Unwillkürlich wich ich ihm aus, als er sich an mir vorbeidrängte.

Spätestens nach dem Bericht im Fernsehen hatte auch der letzte Idiot kapiert, dass es einen neuen Stern, ein wüstes Enfant terrible in Valentinos Küche gab. An den weißen Tischen auf der Dachterrasse reckte man die Hälse, man tuschelte, man wusste nicht, wie gut die Gerichte vom Hund wirklich waren, es würde ja viel gemunkelt, man kenne jemanden, der kenne jemanden, der hätte von einer Kreation dieses jungen Genies gekostet, der Teller hätte ausgesehen wie ein überfahrenes Tier am Straßenrand einer Autobahn, dessen aufgeplatzte Gedärme auf dem heißen Asphalt verteilt herumlagen, blutig, zerfetzt, brutal, aber der Geschmack, oh ja, der Geschmack, der sei eine Offenbarung gewesen. Es gäbe nur wenige, die zum kleinen Kreis der Auserwählten gehörten und sein Genie erleben durften, er würde ja nur selten kochen, und jedes Gericht nur einmal, wo sei er denn, dieser Kerl, dieser junge Wirbelwind, könne man den mal kennenlernen?

Valentino war in sich gekehrt, er blickte über die Köpfe der Gäste hinweg an die Spitze der Tafel, dort, wo ein leerer Platz war, sein Platz, der nur symbolisch für ihn gedeckt war. Valentino hatte noch nie zusammen mit seinen Gästen, auf einem Stuhl, zwischen hochdekorierten Gräfinnen oder aufgedonnerten Managerfürsten, am gleichen Tisch gesessen und sein eigenes Essen gegessen. Das wäre, als würde man in seinen eigenen Mund spritzen, sagte er als Ausrede, und damit ging die Diskussion jedes Mal in schockiertem Kichern unter und war in der Regel beendet. Trotzdem war immer für ihn gedeckt, und dort, am Ende der Tafel, gähnte ihn nun sein leerer Platz an, dort würde er jetzt hingehen, und dort würde er mit der Gabel an ein Glas schlagen und eine Rede halten. Valentino war nie ein Mann großer Worte gewesen. So rücksichtslos und radikal er in der Küche war, so gehemmt und fast schon neurotisch schüchtern stand er herum, wenn die Augen seiner Gäste auf ihn gerichtet waren, wie ein Junge auf dem Schulhof, dessen Brotschachtel von bösen Jungs entwendet worden war.

Er würde die Rede damit beginnen, dass er kein Mann großer Worte sei, und dann würde er sich bei ein paar wichtigen Leuten bedanken, zuerst Pierre, dann Lily und schließlich weitere Namen, er würde sich für ihre Treue und Ergebenheit bedanken. Die Namen waren für ihn wie Treibanker, an denen er sich festhalten konnte, während er durch die Rede paddelte.

Valentino war sich bewusst, dass ihm viele frühere Stammgäste den Rücken zugekehrt hatten, als die Sache mit dem Agent Provocateur vom Gaspar vorgefallen war, damals, als er diesem Lackaffen die Vorderzähne gezogen hatte, aber diese Leute hier, diese Menschen auf seiner Dachterrasse, die hatten immer zu ihm gehalten, manche hatten ihm Briefe in den Knast geschickt, dieser blonde Anwalt mit den weißen Zähnen dort drüben zum Beispiel, der da, der gerade aufstand und mit ausgestreckten Armen auf ihn zulief und in völlig übertriebenem italienischem Akzent »Valentinoooo!« schrie, der war einer seiner treuesten Gesellen, er hatte damals Valentino uneingeschränkte Unterstützung zugesichert. Was wolle der denn jetzt auf einmal von ihm, warum würde er ihn denn so bescheuert angrinsen, fragte sich Valentino.

»Valentinooooo«, schrie der Mann wieder, als hätten sich die beiden vor vielen Jahren im Schützengraben aus den Augen verloren und nun endlich wiedergefunden. Jeder sollte sehen, dass die beiden per Du waren, auch der Kollege von der konkurrierenden Kanzlei, dort am hinteren Tisch, der sich Anfang des Jahres einen Rechtsfall mit obszön hohem Streitwert unter den Nagel gerissen hatte. Mag sein, dass er in diesem Fall das Rennen gemacht hatte und von allen als wilder Hengst gefeiert wurde, aber das hier, die Freundschaft zu Valentino, die konnte er ihm nicht streitig machen. Und tatsächlich, dem Konkurrenten des blonden Mannes mit den weißen Zähnen blieb nicht anders übrig, als aggressiv wegzuschauen und so zu tun, als ob es nichts Besonderes wäre, Valentino in den Armen zu liegen.

Ich half Lily an der Hummerbar, sie schwieg und war nachdenklich. Immer wieder sah sie mich von der Seite an. Wenn ich sie dabei ertappte, blickte sie rasch weg und tat so, als wäre nichts passiert, und dann, nach einer Weile, brach es aus hier heraus, und mit gesenkter Stimme erzählte sie mir, dass sie neulich mit dem Hund geredet habe.

»Ach ja?«, fragte ich und ließ die Scheren der Hummer knacken, jede meiner Fasern war gespannt.

»Ja«, sagte sie, und nach einer kleinen Pause fuhr sie fort. »Ja. Ich hab ihm erzählt, dass Sergej bald wieder gesund ist und zurück ins El Cion kommt und wir euch nicht beide weiterbeschäftigen können. Höchstens einen von euch. Auf keinen Fall beide.«

Sie blickte aus den Augenwinkeln zu mir herüber, um zu sehen, wie ich die Information aufnahm, ob ich den Trick durchschaute oder ob ich in Tränen ausbrechen und auf dem Boden zusammenklappen würde. Ich nickte sachverständig und gefasst.

»Klar. Verstehe ich. Und? Was hat der Hund dazu gesagt?«

»Erst mal gar nichts. Er hat es einfach nur so hingenommen, und dann auf einmal hat er angefangen, Scheiße über dich zu erzählen.«

»Was meinst du mit Scheiße? Wie meinst du das?«

»Na ja, so Zeug über dich halt, Zeug, nach dem ihn niemand gefragt hat. Dass du jedem dein komisches Messer zeigen würdest, als wäre es dein Schwanz, weil du sonst nichts in der Küche zu bieten hättest.«

Lily machte keine Witze. Sie war todernst und stapelte die Hummer übereinander.

»Versteh mich nicht falsch, es ist mir scheißegal, was der Penner über dich erzählt, aber der hat anscheinend noch immer nicht begriffen, was er dir zu verdanken hat. Der hat immer noch nicht kapiert, dass das hier eine Familie ist. Ich gebe zu, es geht manchmal hoch her, aber das tut es ja in jeder Familie, und das heißt nicht, dass man hinter dem Rücken seiner Brüder und Schwestern Scheiße über sie erzählen kann.«

Valentino lehnte sich über den Tisch und fragte in die Runde, ob das Essen schmecke und alles in Ordnung sei, guten Abend gnädige Frau und ach, der Vorstand des Medienkonzerns XY sei ja auch gekommen, was für eine Überraschung.

»Du hast ihm das ja alles beigebracht«, sagte Lily.

Ich riss mir die Hand an einer der Hummerscheren auf. Es blutete, aber ich spürte nichts. Ich blickte zum Grill, wo der Hund stand und so tat, als wäre nichts gewesen. Lily schüttete weiter Öl ins Feuer.

»Mo will ficken Alisha, aber ich ficken Alisha, Mo nicht ficken Alisha, Mo dumm«, äffte Lily den Hund nach. »Und dann Aist, Moskau. Schweres Messer. Messer, weil kein Schwanz, haha.«

Ich wusste überhaupt nicht, was ich sagen sollte.

»Ich konnte den von Anfang an nicht ausstehen. Der hat nur Unruhe in den Laden gebracht. Wenn es nach mir gehen würde, dann hätten wir den schon längst rausgeschmissen. Was ist denn mit der Terrine? Ist die noch im Kühlschrank?«

Valentinos Nervosität, gleich eine Rede halten zu müssen, hing ihm wie Gicht in den Knochen und wollte sich nicht lösen.

Der Verleger mutierte in seiner Nähe zu einem kompletten Versager und schrie wie am Spieß. Das Filet? Nein, das Filet sei ungenießbar, so zäh wie Leder, ganz schrecklich, da gehe man doch lieber zu McDonald's, haha, kreischte er, schaute sich Beifall heischend um und hoffte verzweifelt, dass man mitlachen möge, dann legte er seinen Arm um Valentino, als wäre er sein einziger und heiß geliebter Bruder und fragte, wo denn dieser neue Koch sei, die Frauen würden ja den ganzen Tag von nichts anderem reden, ob es dieser Typ da drüben am Tresen sei, und dann zeigte der Idiot auf Kevin, den Saucier, der wie immer frisch und knackig wie ein Tennislehrer rüberkam.

Nein, es sei der hier, antwortete Valentino und deutete auf den Hund, der hinter dem Grill stand und aussah wie ein Boxer, der nach der zwölften Runde reif für das Sterbebett war. Sein linkes Auge war violett und geschwollen wie eine Aubergine. Wie ein Junkie stand er über den Rauch und Dampf des Filets gebeugt und atmete ihn ein, ein erstickender Lungenkranker, der die letzten Tropfen Sauerstoff in sich aufsog.

Der da?

Valentino nickte und versuchte die staunenden, ehrfürchtigen Blicke der Gäste am Tisch zu ignorieren. Man reckte die Hälse, man war so aufgeregt, als würde man einen Popstar sehen, endlich hatte dieses Gerücht, dieser legendäre Geschmack ein Gesicht, man fühlte sich von der heruntergekommenen und animalischen Art des Hundes aufrichtig angeekelt, und gleichzeitig himmelte man ihn an. Ein paar der Frauen rutschten näher an ihre Männer heran und ergriffen zum ersten Mal nach vielen Jahren wieder deren Hände, also so einen hätte man auch gerne in seiner Küche, könne man den mal kennenlernen?, fragten sie aus sicherer Deckung heraus.

Der große Unterschied zu heute war, dass die Menschen vor vielen Jahrhunderten oder Jahrtausenden in allererster Linie satt werden wollten, man wollte Fett und Nährstoffe zu sich nehmen, um durch den Winter zu kommen, man wollte der Gicht, der Krätze und Schwindsucht zumindest einen vollen Bauch entgegensetzen.

Erst später, vor allen Dingen in den reicheren Kreisen, aß man nicht mehr nur, um zu überleben, sondern weil man genießen wollte, man wollte schlemmen, man wollte die Geschmacksknospen im Mund durch ein wundersames Land, einen Irrgarten der Gefühle schicken und sich selbst und seine Gäste berauschen. Doch heute reichten kulinarische Verzückungen nicht mehr aus, um ein teures Restaurant am Leben zu halten.

Heute wollte man Geschichten hören.

Und Valentino war ein Meister darin.

Er sprach selten oder so gut wie nie mit seinen Gästen persönlich, er ließ Lily oder seine Kellnerinnen die Geschichten überliefern, vom Amuse-Gueule bis zur Hauptspeise, vom Dessert bis zum Wein, von allem gab es vollmundige Geschichten zu erzählen, die die Gerichte auf den Tellern zu einer Legende machten. Selbst das Tafelwasser umwehte der Mythos, es wäre in einer ungebrochenen Kühlkette von der Quelle zum Restaurant geliefert worden. Die Flasche würde bis zu zweihundertfünfzig Euro kosten, und das Wasser hätte nie einen Trichter, ein Auffangbecken, oder einen Schlauch berührt, sondern wäre direkt vom Felsen an der Heilquelle in die Glasflaschen abgefüllt worden, von Hand, jede einzeln. Seit Brad Pitt die Hälfte der ohnehin raren Menge auf Jahre in die Zukunft aufgekauft habe, seien die Preise teilweise bis auf über dreitausend Euro pro Liter gestiegen, drei Flaschen habe Valentino ergattern können, die seien noch am gleichen Tag ausgeschenkt worden, und man habe keine Hoffnung jemals wieder an eine Flasche zu kommen, aber man habe vom gleichen Kontaktmann den Hinweis bekommen, dass es eine andere Mineralwasserquelle gab, Lukasquelle heiße sie, und sie würde in unzugänglichen Gebieten in den Alpen liegen, irgendwo unterhalb eines Bergrücken, man hätte Nachweise gefunden, dass diese Quelle in grauer Vorzeit, im Neolithikum, als heiliges Wasser verehrt wurde, und es gab Grund zur Annahme, dass dies die Quelle sei, die Ötzi, der Mann auf dem Eis, mit letzter Kraft noch erreichen wollte. Man habe nur ein paar Flaschen, das Glas neunundsiebzig Euro, und ob man davon mal probieren wolle, ob man einschenken dürfe?

Der Geschmack des Essens löste sich in wenigen Minuten auf der Zunge auf, die Geschichten aber, die konnte man nach Hause nehmen, die konnte man am nächsten Tag seinen Geschäftskollegen erzählen. Jeder wollte diese Geschichten hören. Jeder. Man konnte damit prahlen, dass man eine Tasse einer extrem limitierten Lieferung der jamaikanischen Blue-Mountain-Arabicabohne getrunken habe, normalen Gästen des El Cion blieb das vorenthalten, aber man sei schließlich Stammgast, und jetzt, da man davon gekostet habe, könne man eigentlich gar keinen normalen Kaffee mehr trinken, das sei aber noch gar nichts, letztes Jahr da habe Valentino einen Moet & Chandon, Jahrgang 1937, ausschenken lassen, laut dürfe man das gar nicht sagen, man wisse überhaupt nicht, ob das legal war, also den Schampus, den habe Valentino höchstpersönlich von einem Händler, der nur für wenige Stunden in der Stadt war, nachts auf einem Parkplatz entgegengenommen. Valentino habe angeblich die Hälfte bereits im Vorfeld bezahlt, den Rest in bar bei Übergabe, es waren zwei Flaschen aus dem Bestand von Adolf Hitler, die ein britischer Soldat im Mai 1945 bei der Plünderung der Reichskanzlei in Berlin eingesteckt hatte. Jetzt, nach seinem Tod, wären sie auf einem Dachboden in einem Kaff in der Nähe von Manchester aufgetaucht. Das Foto, auf dem er als Jungspund in der zerbombten Reichskanzlei, die Flaschen unter die Arme geklemmt, in die Kamera grinste, hätte man im Netz gesehen. Mit eigenen Augen. Niemand wusste, ob der Wein inzwischen schon zu hundertprozentiger Säure vergoren war und einem beim Öffnen der Flasche der Gestank der Pestilenz wie ein böser Geist die Nasenschleimhäute verätzen würde oder ob der Wein wie die zarteste Blüte der Welt herangereift war und sich im Rachen zu einem tragischen, melancholischen und ergreifenden Ton aufatmend entfalten würde.

Das eigentliche Geheimnis des Erfolges des El Cion war nie der reine Geschmack des Essens. Wenn man ehrlich war, schmeckten nur die Allerwenigsten den Unterschied zwischen einem Kobe- und einem Charolais-Rind, oder einem Vierzigeuro- und einem Vierhunderteurowein. Kaum einer erkannte den Unterschied am Geschmack, sondern nur an der zusätzlichen Null hinten, am Ende des Preises.

Das Geheimnis des Erfolgs waren die Geschichten. Sie waren so viel wert wie pures Gold, sie waren es, die dem El Cion seinen eigentlichen Glanz verliehen. Doch langsam aber sicher drehten sich die Geschichten im El Cion nur noch um den Hund. Das Einzige, was die Gäste zu interessieren schien, war, wo der Hund herkam, was sein Geheimnis war und ob er eine Freundin hatte. Seit Wochen schon mussten Lily und die Kellnerinnen immer und immer wieder das Gleiche erzählen. Die Geschichte vom dunklen Loch, von der ewig geschlossenen Luke und vom Mysterium, wie der Hund nach Jahren der Gefangenschaft aus der Dunkelheit entkam.

Valentino bewegte sich auf seinen leeren Platz an der Stirn der Tafel zu, Alisha saß neben seinem Stuhl, und es schien ihr nicht zu gefallen, dass die aufgedonnerten Hühner ihren Hund so anhimmelten, wer glaubten sie denn, wer sie seien, langsam reichte es ihr, wenn das Herumgegackere nicht bald aufhörte, würde sie ihnen die Augen auskratzen, die da drüben, die fette Sau mit dem nuttigen Make-up, der die Titten gleich heraussprangen, die sollte sich als Erste in Acht nehmen.

Der Himmel zog zu, ein kühler Abendwind kam auf, und in schwindelerregender Höhe türmten sich dunkle Wolken. Zwischen graublauer Stahlwolle zog sich am Horizont ein feurig rotgelber Streifen. Das letzte Licht des Tages salutierte und meldete sich ab. Die Damen zogen sich ihre Jäckchen und Capes über und starrten den Hund und das tote Fleisch auf dem Grill an, die Gespräche verstummten nach und nach, es sei unerträglich, wie er das

Fleisch misshandelte, flüsterte man sich zu, lange könne man das nicht mehr mit ansehen, es würde aussehen, als hätte es der Hund einem lebendigen Tier mit der bloßen Hand aus dem Leib gerissen, man sei schockiert.

Seine Art zu kochen, die Schleifspuren am Tellerrand, das unfallartige Arrangement, all das war unbekannt, so etwas hatte es noch nicht gegeben, doch es dauerte nicht lange, bis sein Kochstil um sich griff und man immer häufiger auf den Tellern der mondänen Restaurants zerfetzte Kriegsgebiete aus sündhaft exklusiven Zutaten fand.

Valentino war inzwischen bei seinem Platz angekommen, gleich würde er erklären, dass er kein Mann großer Worte sei, er griff nach einer Gabel und wollte das Kristallglas zum Klingen bringen, da beugte sich eine der Gäste zu ihm herüber und unterbrach seine Konzentration, ob dieser Hund, oder wie man ihn nenne, ob er denn nur dieses eine Fleisch auf dem Grill braten würde und bei wem man denn die Bestellung aufgeben könne.

Die Gabel in der Hand, den Blick auf die Tischdecke geheftet, antwortete Valentino kurz und schmerzlos, dass er sich gleich persönlich um ihr Fleisch kümmern würde, er würde gleich zum Grill gehen und ihr eines zubereiten, einen kleinen Augenblick noch, dann legte er die Gabel hin, hob sie wieder auf, schwang sie hin und her, gleich würde es »Kling!« machen.

Danke und was für eine Ehre, sagte die Dame, aber man wolle doch lieber von diesem Hund bekocht werden, man habe schon so viel von ihm gehört, also wenn es sich einrichten ließe, dann würde sie gerne hiermit ein Filet bei ihm bestellen, bei diesem Hund, ein Fleisch, dass dieser Hund persönlich zubereitete, ob das möglich sei?

Valentino schwieg, er war älter geworden, viel Kredit hatte er nicht mehr, er war erst vor ein paar Monaten aus dem Knast gekommen, noch ein Ausrutscher und ein paar Jahre hinter Gitter, und das Rennen wäre für ihn vorbei, und zwar für immer. Er grinste die Dame schmerzverzerrt an und nickte ihr gut gemeint und mit geschlossenen Augen zu. Eine andere Frau, Hannah Winterberg war ihr Name, sie war die Chefredakteurin des deutschen Forbes-Magazins, brachte sich jetzt ins Spiel, sie sei eigentlich diejenige gewesen, die dieses Filet bestellt hatte, und das Fleisch dort auf dem Grill, das würde ihr zustehen, das wolle sie an dieser Stelle noch mal kurz gesagt haben, man müsse sich schon bitte hinten anstellen, wo sei man denn hier, dass sich jetzt jeder vordrängeln würde.

Das sei so nicht ganz richtig, bei allem Respekt, warf ein dicker Kerl im Maßanzug ein, der bisher eher wie eine Randerscheinung gewirkt hatte, er sei der Erste gewesen, der bestellt habe, man wisse, dass der Hund nur selten koche, und man wisse, dass es durchaus sein könne, dass er heute Abend nur dieses eine Filet fabrizieren würde, und deswegen habe man bereits ganz am Anfang, als noch niemand daran dachte, die Bestellung für ihn und seine Frau aufgegeben, also bitte.

Er sei kein Mann großer Worte, rotierte es in Valentinos Kopf, und er wollte sich als Erstes bei einer Handvoll Namen bedanken, doch die Namen verblassten und rutschten ab, er konnte sie kaum noch festhalten, wie glitschige Seife schlüpften sie ihm durch das Hirn. Die aufgebrachten Gäste wurden lauter, man diskutierte nur noch darüber, wem das Fleisch auf dem Grill denn nun zustand, ob man es teilen solle, ob Valentino nicht dafür sorgen könne, dass jeder eins bekam, und auf einmal drängte sich wieder die Erinnerung an den Heilbutt für den Tester an Tisch zwölf zwischen Valentinos Augen und breitete sich dort fett, breitbeinig und penetrant aus.

Reglos stand er da, die Gabel in der Hand, leicht vornübergeneigt, sodass er das Glas gut treffen konnte. Sein Geist war abhandengekommen, er stand wieder im Speisesaal, um ihn herum waren Hunderte von Augenpaaren auf ihn gerichtet, er konnte wieder den Einschlag des brachialen Geschmacks auf seiner Zunge hören, es waren nicht die Zutaten, das war ihm damals schon klar, und es war auch nicht die Art, wie der Hund das Essen auf dem Teller arrangierte, das konnte jeder Idiot mit bloßen Blick erkennen, es waren nicht die Abstände der einzelnen Geschmacksnoten zueinander, die wie ein perfektes geometrisches Gebilde, wie eine ewige Sternenkonstellation formiert waren. Es war etwas Unaussprechliches, etwas, das sich anfühlte wie eine Erinnerung, die nie war, wie ein ewiges Rätsel und eine Befreiung, ein einziger, eleganter Sprung in die Freiheit.

Das, wonach Valentino sein Leben lang gesucht hatte, derjenige, der er immer sein wollte, stand dort am Grill. Damals an Tisch zwölf hatte er ein Krachen gehört, ein Knirschen, ein gigantischer Riss war durch sein Leben gefahren, das ganze Gebäude hatte Schlagseite bekommen, alle konnten sehen, wie es bald in sich zusammenfallen würde, länger konnte man das morsche Gebälk nicht mehr am Leben halten, bald würde er abdanken müssen, die Lakaien gingen schon auf die Zehenspitzen und reckten sich und wollten ihm die Krone vom Kopf reißen, um sie dem Hund aufzusetzen, lange würde es nicht mehr dauern, er schlug mit der Gabel gegen das Glas, er sei kein Mann großer Worte, zuerst wolle er sich bei Pierre bedanken, ihm habe er die wundervollen Fotos in dem Buch zu verdanken.

Ein Ruck ging durch die Gesellschaft, die Gäste zogen die Luft scharf ein, als säßen sie alle im gleichen Flugzeug, das gerade in ein Luftloch gefallen war, man hielt den Atem an, der Hund hatte das Filet auf den Teller rutschen lassen, es zog eine fettige Blutspur hinter sich her, als hätte man einen verletzten Motorradfahrer unter einem Lkw hervorgezogen, als hätte das Fleisch, kurz bevor es auf dem Porzellan verunglückte, noch gelebt.

Auf der Dachterrasse breiteten sich Gerüchte aus, dass der Hund bisher nur dreimal gekocht habe. Ein barockes, überladenes Gericht auf einem krustigen Brot mit angebratenem Tabak in irgendeiner Imbissbude, einen struppigen, wild wuchernden Salat für Alisha, die Frau von Valentino, und schließlich ein an ein überfahrenes Nagetier am Straßenrand erinnerndes Filet für einen Tester.

Und nun das hier, ein Stück Fleisch, das nur noch mit Salz und Pfeffer angemacht war, zerrissen und kaputt, als hätte man es von einem Schlachtfeld gerettet, erste Mutmaßungen über eine Struktur, einen roten Faden in der Kochkunst des Hundes kamen auf, seine Gerichte schienen immer minimaler zu werden, immer weniger Zutaten und Gewürze schienen Zutritt zu seiner Welt zu haben.

Valentino erzählte tapfer von seinen Anfängen als Koch, dieses Buch, das sei für ihn etwas ganz Besonderes, viele Jahre lang habe er nun versucht, all seine Erfahrung und seine Liebe zum Essen auf hundertzwanzig Gramm schweres Premiumpapier zu bannen, an dieser Stelle würde er gerne Pierre zu Wort kommen lassen, Pierre sei ein Genie, ein wahrer Lichtkünstler, wo sei er denn hin, dieser Pierre, doch Pierre saß nicht mehr an seinem Platz, er war aufgestanden und hatte sich vor den Grill des Hundes gestellt. Das wollte er sich nicht entgehen lassen, wer wusste denn, wann man noch einmal die Gelegenheit dazu bekäme, den Hund aus nächster Nähe beim Komponieren seiner Manifeste zu beobachten, zu blöde, dass er seine Kamera nicht dabeihatte, aber was soll's, er zückte sein Handy, Pierre war ein moderner Fotograf, der sich nicht scheute, ein Foto vom Smartphone auf die Größe einer Fensterfront aufzublasen.

Ob Pierre denn auch noch ein paar Worte an die Gäste richten wolle, rief Valentino vom anderen Ende der Dachterrasse, doch Pierre winkte ab, er komme gleich, er komme gleich, einen Moment noch.

Zwischen den Gästen kullerten die ersten Lacher hervor, der sei ja frech, dieser Pierre, unglaublich, der arme Valentino, jetzt stehe er da vorne, und keiner höre ihm richtig zu, das habe er ja eigentlich nicht verdient, könne man mal bitte etwas zur Seite gehen, man wolle auch mitkriegen, was dieser Hund da mache, so könne man ja gar nichts sehen.

An diesem Samstagnachmittag gegen fünf Uhr flatterten die Sporen eines Begriffes zum ersten Mal durch die Luft und setzten sich in den Ohren der Kritiker, der Kollegen und der Kenner ab und ließen die ersten winzigen Triebe sprießen. Die Cuisine Brute stand für eine Bewegung, eine Lebenseinstellung, sie war das authentische Relikt einer Generation, die sich zu ihren urmenschlichen, archaischen Trieben bekannte, man hatte verstanden, dass es nichts Erotischeres gab, als den lasziven Augenaufschlag einer Schönheit, die ein absurd teures und abartig gewalttätiges Gemetzel vor sich auf ihrem Teller hatte. Seit diesem heutigen Tag hatte man verstanden, dass menschliche Emotionen erschreckend einfach durch die vier Grundgeschmäcker, scharf, bitter, süß und salzig, darzustellen waren. Im richtigen Verhältnis zusammengemischt, hatte es die Gäste in eine wilde Brut verwandelt und sie durchknallen lassen wie eine Horde, die fähig war, ausgewachsene Bullen mit bloßen Zähnen zu zerfetzen.

In den folgenden Jahren hatten viele Kritiker und Köche, die an diesem Tag überhaupt nicht mit von der Partie waren, von sich behauptet, den Begriff der Cuisine Brute erfunden zu haben, aber das stimmte nicht. Dieses Wort hatte man heute an diesem Samstagnachmittag auf der Dachterrasse von Valentino zum allerersten

Mal gehört. Für die Szene war es die Geburtsstunde einer ganzen Bewegung, doch für den Hund war es nur ein Stück Fleisch mit ein paar Krümeln Salz. Er trat einen Schritt zurück, als wäre er aus einer Trance erwacht. Pierre war der Erste, der in die Falle trat und sich den Teller hastig unter den Nagel riss.

Der Hund beobachtete das Filet, wie es von Pierre davongetragen wurde, als wäre er ein Terrorist, der einer ins Zielgebiet rollenden Granate hinterherschaute und lüstern darauf wartete, dass sie explodierte.

Damals, '85, vier Jahre bevor Bocuse vom Gault Millau zum Koch des Jahrhunderts ernannt worden war, sei Valentino alleine per Anhalter nach Lyon gefahren, er wollte den Meister persönlich treffen, Valentino hatte jemanden kennengelernt, der für ihn und seine damalige Freundin einen Tisch in der Auberge du Pont de Collonges ergattert hatte, es sei die erste Foie Gras seines Lebens gewesen und, Gott sei sein Zeuge, er werde diesen Geschmack niemals vergessen. Valentino hielt tapfer seinen Kurs, doch inzwischen hörte ihm keiner mehr zu.

Das sei aber nicht in Ordnung, Moment mal bitte, raunte es von den Tischen der Gäste, doch Pierre machte sich aus dem Staub. Anstatt mit seiner Beute an seinen Platz neben seiner Freundin inmitten der Gäste zurückzukehren, ließ er sich in einer abgelegenen Ecke der Dachterrasse nieder, seine Freundin starrte ihn vorwurfsvoll an. Hannah Winterberg, die Chefredakteurin, stand auf, so gehe das aber nicht, und lief Pierre hinterher, man sei hier nicht an einem Wasserloch in der Wüste, sie riss Pierre ohne Vorwarnung den Teller vor der Nase weg und stolzierte den gleichen Weg wieder zurück, das Filet triumphierend wie eine Trophäe vor ihrer Brust. Pierre lief ihr hinterher, er ließ nicht locker, hyänengleich hoffte er, zumindest ein paar herabfallende Brocken zu ergattern. Der Ehegatte von Hannah Winterberg hielt Pierre auf Abstand, während seine Frau hastig zu Messer und Gabel griff und gierig ins Fleisch stach.

Umspült von Geschrei und Geschubse wurde das Filet hin- und hergerissen, mit krummem Rücken und blanken Zähnen schaffte es Hannah Winterberg schließlich mit großer Not, ein Stück herauszureißen, und der Geschmack fuhr ihr heftig in den Bauch.

Ob alles gut sei, erkundigte sich ihr Ehemann.

Jaja, nuschelte sie, und ein schiefes Grinsen breitete sich auf ihren fettigen, blutigen Lippen aus, es sei wirklich, es sei, irgendwie würde einem da, wie solle man sagen?

Ihr Mann griff nach ihrer Hand, und noch bevor Hannah Winterberg sie wieder zurückziehen konnte, schleckte er ihre fettigen und salzigen Finger ab, dann wurden auch ihm die Knie weich, und er musste sich hinsetzen.

Ja, es sei außergewöhnlich, es sei, es sei wirklich gut, keuchte er, und dann konnte auch er ein verschwommenes Gefühl der Vision erkennen, die uns alle heimgesucht und zu Eingeweihten gemacht hatte, die wir vom Essen des Hundes gekostet hatten. Unscharf und vernebelt wie aus weiter Ferne wurden er und seine Frau Zeugen der lidlosen Versammlung, und auch sie spürten die wärmende Helligkeit der Freiheit auf sie niederscheinen. Rätselhaft und schön. Blendend und verwirrend fiel das Licht auf ihre Haut.

Hannah Winterberg leckte die letzten Reste von ihren Fingern ab und suchte nach Worten, der Geschmack habe etwas Sexuelles, nicht wahr, das Filet schmecke doch total versaut, sie drückte ihre Hände in den Schoß. Sie solle damit aufhören, zischte ihr Mann, doch Hannah Winterberg keifte zurück, er solle nicht so pikiert tun, sondern sie in Ruhe lassen und ihr lieber noch ein Stückchen vom Fleisch in den Mund stecken, der Geschmack floss ihr den Rücken herunter wie kochend heißer Honig.

Die anderen Gäste verfolgten das Szenario mit aufgerissenen

Augen, schließlich schafften es eine junge Frau, die man für die Tochter von Frau Winterberg hielt, und sogar Pierre, sich endlich einen Happen in den Mund zu stecken, und dann konnten sich auch ein paar Mitläufer einen Bissen ergattern, und wie an einer roten Ampel, an der plötzlich alle auf einmal loslaufen, sobald einer den ersten Schritt tut, so griffen nun alle zu, jeder so rücksichtslos, wie er sich traute, und dann fielen sie übereinander und purzelten, und die Gesellschaft rannte, rannte und rannte, die hohen Hacken flogen davon, barfuß rannte man weiter, durch Gestrüpp und über Stock und Stein, die Gefangenschaft ihrer Moral, ihrer Ängste und Beklommenheit ließen sie hinter sich, sie rannten und rannten und rannten dem Licht hinterher, manche fielen hin, schlugen sich Ellenbogen, Knie und Hände auf, doch sie lachten, wie Erleuchtete, die ihrem Schöpfer in die Arme fielen, manche von ihnen flogen, Wind zerrte an ihren Kleidern und an ihren Haaren, und jetzt sahen sie, dass sie nackt waren, nackt und frei, ihre Sehnsucht hatte endlich einen Geschmack, und der Geschmack hatte eine Geschichte, und die Geschichte ein Gesicht, und das Gesicht stand hinter dem Grill und hatte kalte Augen, und es ging einem durch und durch, und man bekam schwache Knie davon.

Das Problem war nicht, dass niemand Valentinos Rede zuhörte. Valentino interessierte sich einen Scheißdreck für diese Lackaffen, keiner von ihnen würde auch nur eine Sekunde zögern, ihm ein Messer in den Rücken zu rammen, wenn ein anderes Restaurant das Rennen machen sollte, er wusste genau, dass fast alle von diesen Schleimscheißern in ihren Maßanzügen, ihren knallengen Cocktailkleidchen und ihrem makabren Make-up bereits mindestens einmal im Gaspar waren, während er hinter Gittern gesessen hatte. Auch wenn sie das bis aufs Blut abstritten, ihm, Valentino, konnte keiner etwas erzählen, diese Lemuren hatten damals, als er im Knast war, nur zu ihm gehalten, weil sie wussten, dass er eines Tages wieder im Ring stehen würde. Sein Rückgrat war noch nicht vollständig gebrochen, es war noch zu früh, ihn zu begraben, man wollte dabei sein, wenn es mit ihm zu Ende ging, man wollte in der ersten Reihe sitzen und das Spektakel mit eigenen Augen verfolgen und nicht irgendwo im Datenmüll der Netzwerke. Erst wenn der Kampf entschieden wäre, wenn Valentino offiziell den Rang des Platzhirsches hätte abgeben müssen, dann wären sie über ihn hergefallen und hätten Schlange gestanden, um auf sein Grab zu pissen.

Ob diese Loser Valentino zuhörten oder nicht, war ihm egal. Der eigentliche Funken, der in das explosive, mit hochprozentigem Oktan gesättigte Gebräu fiel, war Alisha.

Der Hund gehörte ihr, und mit ihm alles, was er kochte, sie war dabei, als er das Fleisch zum ersten Mal berührte, sie hatte ihr Territorium eindeutig abgesteckt. Das Filet war gestern Nacht geboren worden, als sie es im Kühlraum miteinander getrieben hatten, sie hatte den Hund zu diesem Gericht inspiriert, sie und niemand anders. Wenn sie jetzt nicht einschritt und das Fleisch an sich riss ...

Doch dann würgte sie ihre Gedanken ab. Der Hund gehörte ihr. Aber sie gehörte Valentino. Sie war seine Frau.

Sie schwitzte am ganzen Körper, sie hatte keine Ahnung, wie sie sich verhalten sollte, sie versuchte sich daran zu erinnern, warum man sich heute bei ihrem Mann in dem Penthouse versammelt hatte, was der Grund der Feier war, doch gleichzeitig war ihr klar, dass egal wie teuer und edel der Druck, wie aufwendig die Produktion und wie exklusiv die Rezepte in Valentinos neuem Kochbuch aussahen, dass es doch nur ein weiteres Exemplar im Treibgut der Kochliteratur war.

Hinter dem Grill dagegen, da stand der Antichrist, die Verkörperung dessen, was alle anderen vorgaben zu sein. Wüst sah er aus, verwegen und gefährlich, alle wollten ihn, und selbst das Fußvolk, der Pöbel, die Menschen ohne eigenen Geschmack und eigene Meinung, vergötterten ihn. Keiner traute sich mehr Kritik an den Unfällen auf dem Teller zu äußern, Euphorie und Respekt vor seinem Werk waren zu einer Pflicht geworden, die Gerichte des Hundes waren heiliggesprochen, jeder, der sein Essen kritisierte, gab sich der Lächerlichkeit preis und bekannte sich schuldig.

Doch wenn sie jetzt aufgestanden wäre, um sich in den Kampf um das Fleisch zu werfen, dann hätte sie gleich ihre Tasche nehmen, die Autoschlüssel des BMW abgeben und sich nie wieder blicken lassen können. Das Alter lauerte hinter der nächsten Ecke, und ein Leben ohne Valentino wäre staubig und trocken, also schloss sie die Augen und versuchte, an etwas anderes zu denken als an den Hund und an das Fleisch. Sie bewegte sich keinen Zentimeter, sondern blieb reglos auf ihrem Platz sitzen, doch was sie durchmachte, stand ihr auf die Stirn geschrieben, und Valentino konnte es klar und deutlich lesen, jedes Wort, jeden Buchstaben auf ihrer Stirn konnte er lesen, und als er die Botschaft entzifferte, kochte sein Adrenalin schließlich über. Tapfer hatte er sich die letzten Monate, Wochen und Minuten unter Kontrolle gehalten, doch jetzt brach der Damm, das Fruchtwasser platzte, und eine Brut des Hasses quoll aus ihm heraus, die Tischgesellschaft ging in Deckung.

»Raus«, kroch es ihm aus dem Hals, sein Kehlkopf war zugeschnürt und völlig verkrampft, er bekam kaum noch Luft.

»Raus«, krächzte er noch einmal, aber das zweite Mal war es auch nicht besser, man hätte meinen können, dass Adern in seinem Hals geplatzt waren, das aus dem Mund fliegende Blut ritt auf seinen Worten wie der Beelzebub.

Valentino ergriff den Hund am Kragen und zerrte ihn über die Dachterrasse. Ich hatte mit der ganzen Situation nichts zu schaffen, und ich hatte sowieso die Hände voll zu tun, sodass ich nicht einmal hochschauen und ihm in die Augen blicken konnte, ich war in meine Arbeit vertieft, ich war dabei, Meerrettich auf Tsar-Nikolaj-Lachs zu reiben.

Lily schloss die Augen und atmete tief durch, auf diesen Moment hatte sie lange gewartet. Sie trat zur Seite und machte Valentino den Weg frei, damit er den stinkenden Müllsack entsorgen konnte, bevor der Ekel auf den Boden tropfte.

Etwas abseits des Geschehens saß ein unauffälliger Mann mittleren Alters, keiner hatte ihn bisher bemerkt, und niemandem war aufgefallen, dass er als Einziger ohne Begleitung gekommen war und auch zu keiner anderen Gruppe gehörte. Abseits hatte er den Reigen beobachtet, und mit Neugier beobachtete er nun die Schlacht um die letzten Reste des Filets des Hundes, ein Anwalt streckte seine Zunge nach dem Teller aus, er wollte zumindest die Soße kosten, den salzigen Angstschweiß des Tieres, doch er kam nicht dran, jemand hatte sich schützend über den Teller geworfen und trat mit den Füßen nach den Angreifern.

Der unscheinbare Mann kannte das Essen des Hundes schon, er war erst vor Kurzem im El Cion zu Gast gewesen, er saß damals an Tisch zwölf.

»Maria, meine Schöne, hier ist Richard. Wie geht es dir?«, gurrte er in schlechtem Französisch ins Telefon. »Kann ich deinen Mann sprechen?«

In einer ländlichen Villa trat Maria Oranco, ein gealtertes Fotomodell, in hochgeschlossener Frisur und in schwarzer Bluse wie eine ehrwürdige Galeristin mit dem Handy in der Hand in ein größeres Arbeitszimmer. Sie war für eine Gala hergerichtet, aber noch nicht ganz fertig, ihre Bluse stand offen, ihr Rock hing noch über der Lehne eines Sofas, sie ging in Strumpfhosen durch das Anwesen ihrem Mann entgegen und hielt ihm das Handy hin.

»Schatz, es ist für dich, es ist Richard«, sagte sie auf Französisch.

Nido stand in einem schwarzen Frack vor einem Spiegel und band sich die Krawatte, er nahm das Telefon entgegen.

»Ja? Richard? Wie geht es dir?«

15

ES WAR FRUEHER Vormittag. Die Küche war blank und sauber. Das Reinigungspersonal war vor wenigen Minuten gegangen, die Herde und Öfen waren noch kalt, die Vordertüre geschlossen, nur die Kaffeemaschine atmete und zischte leise und unschuldig. Die Vormittagssonne fiel durch den Speisesaal, warf helle Schatten quer durch den Raum und kroch durch die kleine Fensterluke in der Küche. Der Boden war rein, die Posten leer, die Köche lehnten in kalkweißen und blütenreinen Uniformen an den Küchenzeilen, in der Hand ihren Espresso, man ließ die Halswirbel knacken, man riss Witze über die Küchenjungen, strubbelte ihnen durch die Haare, schlug mit dem Holzlöffel nach ihnen und lachte sich schlapp, wenn sie davonsprangen wie die Erdhörnchen, man genoss die Ruhe vor dem Sturm und kippte den letzten Tropfen Koffein hinunter, bevor man in die Brusttasche griff, fragte, wer mit nach draußen komme, für eine Kippe würde es noch reichen, bevor es losgehe. Alles war so wie immer, doch es kam uns vor, als wären wir in einer anderen, fremden Welt, es kam uns vor, als wäre alles ganz anders als sonst.

Keiner erwähnte den Hund mit auch nur einer einzigen Silbe. Das Leben ging weiter, und uns allen blieb nichts anderes übrig, als den Tod unseres Kameraden nüchtern und sachlich zur Kenntnis zu nehmen, Lily klatschte in die Hände, man würde jetzt mit dem Briefing beginnen. Der Hund war nicht mehr da, er war weg, und an seiner Stelle klaffte eine unheimliche Lücke.

Wir hätten heute eine Reservierung von neun Leuten um zwanzig Uhr, sie hätten den Seebarsch an Apfelgratin bestellt, sagte Lily, und ich fragte mich, warum Valentino mich nicht auch aus dem El Cion geschmissen hatte, schließlich war ich derjenige, der den Hund in das Restaurant gebracht hatte, ich war es, der den Bazillus in den Operationssaal eingeschleust hatte, ich war der Mentor des Hundes, ich war quasi sein Komplize, wenn man den Hund rausschmiss, warum war ich dann noch hier?

Den ganzen Tag über ließ sich niemand anmerken, dass etwas im Busch war, meine Brüder rechts und links arbeiteten an ihren Posten wie bisher, das Gemüse wurde gerieben, die Soßen abgeschöpft, gekochtes Obst wurde püriert, eine weitere Runde im El Cion stand vor der Tür, wenige Minuten später wurde das Gatter geöffnet, der vom Wahnsinn angestachelte Bulle stürmte in die Arena, und der Irrsinn begann von Neuem.

Bis zum frühen Abend kamen wir gut durch, die Front blieb ruhig, alles lief nach Plan, der Seebarsch war ein Traum, und der Rehrücken an Senf-Orangen-Schaum zerfiel auf der Zunge. Lily war freundlicher zu mir, als ich es gewohnt war. Wir waren zwei schweigende Zeugen einer verbotenen Sache, über die keiner von uns beiden sprach.

Später, als die ersten scharfen Drinks des Tages rausgingen, rief mir Kevin quer durch die Küche zu, dass der Hund draußen vor der Türe stehe und mich sprechen wolle.

Obwohl ich nichts zu befürchten hatte, schoss mir das Adrenalin durch die Fußsohlen. Ich war in Sicherheit, ich hatte meine Feuertaufe bestanden, das El Cion hatte mich aufgenommen, man schätzte meine solide, bodenständige und zuverlässige Art, egal wer im Schatten des Hinterausgangs auf mich wartete und mich sprechen wollte, ich hatte nichts zu befürchten und von diesem Irren mit den giftigen Augen schon gar nicht. Trotzdem schossen mir die Kriegshormone in den Kopf wie Nitro in einen Vergaser.

Als ich aus dem Hintereingang auf den Hof trat, wischte ich mir die Hände an meiner Schürze ab, ich blieb auf der obersten Stufe stehen, so wie Lily und Said damals, als der Hund und ich mit einer Tüte Singvögel angerückt waren, ich atmete tief durch und machte dem Hund klar, dass mich seine Anwesenheit unter enormen moralischen Druck setzte, so sehr, dass ich seufzen musste.

Der Hund stand in der Dunkelheit, nicht direkt vor den Stufen, sondern ein paar Schritte entfernt, wie eine Erscheinung, mitten auf dem Hof, dort, wo man als Schauspieler auf der Bühne einen Monolog halten würde, dort stand er, die Hände in den Taschen seiner fettigen Bomberjacke, seine Augen lagen im Schatten, reglos lauerte er da, und ich fragte mich, ob ich der Einzige war, der ihn sehen konnte.

Hey, rief ich, doch der Hund blieb stumm, vorwurfsvoll, bleischwer und lähmend starrte er mich an. In der Ferne knatterte ein Motorrad, das Rauschen der Hauptstraße schlich sich an den Häuserwänden entlang und sammelte sich in der Luft.

Was denn los sei, wollte ich von ihm wissen, was ich denn jetzt bitte schön machen solle, ich hätte dem Hund tausendmal gesagt, dass er sich zusammenreißen solle, aber er wollte ja nicht hören, was heule er mir jetzt die Ohren voll?

Kevin streckte seinen Kopf durch den Hinterausgang und rief mich zurück in die Küche, Lily brauche mich für die Bouillon, ich war erleichtert, das Gespräch mit dem Hund beenden zu können. Ich würde mit Lily reden, versprach ich ihm, ich würde mal schauen, was ich erreichen könne, aber er solle sich nicht zu früh freuen, ich könne nichts versprechen.

Der Abend rollte an, wir schalteten in den nächsten Gang, das Räderwerk griff reibungslos ineinander, und wir leisteten dem gelobten Reich von Valentino unseren Tribut. Erst jetzt, nachdem der Hund nicht mehr anwesend war, wurde uns bewusst, was für eine Zumutung das nervtötende Geheul seines Genies für uns alle gewesen war, wie froh wir waren, dass die mit Atombomben bestückten Jagdbomber vorbeigezogen waren, ohne ihre wütende Last auf uns abzuladen. Die ersten Bestellungen von der Abendkarte erreichten den Pass, Lily las die Bons vor, ihre Stimme verblasste im Lärm und Dampf und Rauch der Küche.

Auf dem Menü standen Seebarsch an Algenkrusten und in Brotteigmantel gehülltes Wildschweinragout mit geräucherten Limetten, und wir waren wie immer ausgebucht. In der Küche herrschte Betrieb, und ich war glücklich, ich stand am Posten des Hundes und ließ die Flammen in den Pfannen hochschlagen, stolz und präzise gab ich Anweisungen an die mir untergeordneten Posten weiter, ich füllte meinen Platz mit jeder Zelle meines Körpers aus.

Als der Abend vorbeigezogen war, als die Herde langsam wieder erkalteten und die Tische für den nächsten Tag neu gedeckt wurden, hatten wir den Hund abgehakt. Offiziell und ein für alle Mal, und nun war eine neue Zeit angebrochen.

Am nächsten Tag kehrte Sergej zurück und wurde von uns begrüßt wie ein Heimkehrer aus einem fernen Krieg, seinen Arm zog er in einer Schlinge hinter sich her, es würde noch ein paar Wochen dauern, bis er wieder einsatzfähig war, er wollte nur mal kurz vorbeischauen und hören, was so laufe, ihm wären ja wilde Geschichten zu Ohren gekommen, dann klingelte das Telefon am Service, Jessie, die bezaubernde Empfangsdame, nahm den Anruf entgegen.

»Schönen guten Abend, Sie sprechen mit dem El Cion, wie kann ich Ihnen helfen?« Ihre Augen weiteten sich, dann sprach sie auf Englisch weiter.

Ja. Ja. Ja. Einen Moment, bitte.

Schlagartig hatte sie ihre Arroganz und Lässigkeit verloren, mit dem Telefon in der Hand eilte sie in die Küche.

Für Valentino, schrie sie uns entgegen.

Lily nahm ihr den Hörer ab.

Ja bitte, dann schaltete auch Lily in einen unterwürfigen Ton und sprach auf Englisch weiter, nein, sie sei nur der Souschef, kein Problem, morgen? Freitag? Selbstverständlich, ja natürlich, und dann winkte Lily Valentino zu sich, schaltete auf laut und fragte die Stimme am anderen Ende der Leitung, ob sie mit dem Küchenchef persönlich sprechen möchte, er stehe grade neben ihr.

Viele Hunderte oder vielleicht sogar Tausende Kilometer weit entfernt wurde in einen prall gefüllten Kalender in die Spalte für Freitag der Name »El Cion« eingetragen, vor dem Kalender saß eine Frau im mittleren Alter, ihr Name war Annemarie Reichwein, sie war die Assistentin von Nido und Maria Oranco. Sie schüttelte den Kopf und sagte, nein, das sei nicht nötig, sie rufe nur an, um einen Termin zu vereinbaren, sie würden etwa gegen vier Uhr landen, und sie denke, dass man spätestens um sieben Uhr im El Cion sein sollte, sie werden mindestens fünf Personen sein, ja, fünf, Nido, seine Frau Maria, sie selbst und mindestens zwei weitere Begleitungen, oh und noch etwas, sie gehe davon aus, dass dieser »Hund« oder wie sich dieser neue Koch nenne, dass er am Freitag anwesend sein werde, dass dieser Hund also am Freitag in Höchstform sei und dass er die Speisen für Nido persönlich zubereiten werde, gut, na dann vielen Dank und bis Freitag.

Als sich Lily am Telefon bedankte und verabschiedete, krümmte sich ihr Rücken, als würde sie sich vor jemandem verneigen, es sei eine Ehre, danke, danke, auf Wiedersehen, bis Freitag dann, Valentino stand kreidebleich neben ihr. Ein erschrockenes Lächeln war quer über sein Gesicht gejagt, eine Überdosis frisches Leben war in seine Knochen gefahren, seine welke Haut und der matte Glanz seiner Augen klarten auf, Panik und Freude breiteten sich zu gleichen Teilen in seinem Kopf aus.

»Morgen Abend?«, fragte Valentino.

»Ja. Morgen Abend«, antwortete Lily.

Valentino blickte sich in seinem Reich um. Er schaute auf seine Brigade, den Chrom und das Edelstahl, die Töpfe und Pfannen, die Konvektomaten und die Abzugshauben, es kam ihm plötzlich vor, als würde er das alles zum ersten Mal sehen, so als wäre alles spiegelverkehrt, völlig neu und doch altbekannt. Jetzt erst ergab all das, was sich vor ihm ausbreitete, einen Sinn, es schien ihm, als ob sein Leben bis zum heutigen Tag nur eine Übung gewesen war, eine Vorbereitung, eine einzige, Jahrzehnte andauernde Mise en Place, mit einem Mal, an einem Donnerstagabend, ein paar Stunden bevor der Fischlieferant mit der überfälligen Ladung Entenmuscheln und Königskrabben anrückte, hatte sich die höchste Instanz der internationalen Kochszene bei ihm gemeldet und sich für morgen Abend angekündigt. Im auf Hochglanz polierten Rauchfang über dem Posten des Rotisseurs erkannte er sein Spiegelbild und sah auf einmal, wie alt er geworden war, all die Jahre, in denen er versucht hatte, den Laden am Laufen zu halten, in denen er sich vor Alisha oder anderen Frauen um Kopf und Kragen geredet und sich weißes Pulver wie eine kalte, schützende Decke über die Ohren gezogen hatte, all die Jahre, in denen er nachts schreiend aufgewacht war, in denen er sein eigenes Gesicht wie das einer Kröte sah, die in einem brodelnden Topf Wasser zerkochte und versuchte zu springen, einen einzigen, eleganten Sprung in die Freiheit, und die Beine doch nicht mehr bewegen konnte, weil es bereits zu spät war, weil die Nerven in den Schenkeln schon gegart waren und den Geist aufgegeben hatten.

All diese Jahre lagen auf einmal endlos weit zurück, und er fühlte sich alt. Er sah, dass Lily immer zu ihm gehalten hatte und dass sie eine arme Seele und ein guter Kerl war. Er klopfte ihr auf die Schulter. Es war eine liebevolle Geste, die man von ihm bisher noch nie gesehen hatte und so bald auch nicht noch einmal sehen würde. Lily verzog keine Miene, aber spät in der Nacht, nachdem sie die Klotür zweimal hinter sich abgeschlossen hatte, weinte sie, dass ihre Schultern bebten.

Man solle an die Arbeit gehen, sagte Valentino.

Was mit dem Hund sei, fragte Lily.

Hm, sagte Valentino und dachte nach, und es juckte ihn an der Nase. Hm, sagte er noch einmal, und dann murmelte er nachdenklich.

»Der Hund, der Hund …«

Und dann blickte er auf, und als mich seine Augen gefunden hatten, fragte er mich, wo der Penner denn stecken würde, ob er denn nicht verstanden habe, dass der Rauschmiss, neulich im Penthouse, dass das nur ein Denkzettel war. Der Hund solle nicht so eine empfindliche Dreckspussy sein, und dann fragte Valentino noch einmal, ob ihn jemand gesehen habe und wo dieser Scheißficker denn stecken würde, und dass das alles doch wohl nicht wahr sein könne.

Ich wisse es nicht, antwortete ich. Ich hätte den Hund seit damals im Penthouse nicht mehr gesehen und auch keine Telefonnummer von ihm.

Wieso ich nicht seine Scheißnummer hätte, krächzte Valentino. Der Druck in seinem Kessel trieb wieder langsam hoch.

Der Hund habe kein Handy, er habe noch nie ein Handy gehabt, entschuldigte ich mich.

Valentino brummelte etwas Undeutliches, man konnte es nicht ganz verstehen, es klang so, als ob er nicht nur den Hund, sondern uns alle für unfähige Stricher hielt und wir uns am besten selbst ficken sollten, und dann kam mein Auftritt, ich wünschte, ich hätte nicht gesagt, was ich in diesem Moment sagte, ich konnte mir regelrecht selbst dabei zuschauen, wie ich meine Lippen bewegte und Worte formte und sie schließlich in die Welt entließ.

»Entschuldigen Sie bitte, ich weiß nicht, ob Sie das wissen, Chef, aber die ganzen Rezepte und die Art zu kochen, die hat der Hund von mir gelernt. Das Kochen, das habe ich ihm beigebracht, und wenn Sie gestatten, dann zeige ich Ihnen ein Gericht, das Sie noch nicht kennen. Ich hatte es dem Hund beigebracht, bevor wir beide hier angefangen haben. Ich hatte bisher nur noch keine Gelegenheit, es zu zeigen, mir ist es auch nicht so wichtig, ich will mich nicht nach vorne drängen, aber wenn Sie wollen, dann kann ich ja mal einen Vorschlag machen, soll ich?«

Valentino hatte mir missmutig zugehört und blickte jetzt Lily an und dann wieder mich.

Wie ich noch mal heiße, fragte mich Valentino.

Mo, antwortete ich.

Mo, richtig, Mo, sagte Valentino.

16

EIN PAAR JUNGS des Küchenpersonals kamen aus dem Eingang des Gaspar, man hatte alles stehen und liegen lassen, die Crème brûlée, das Hirschragout, die handgemachten Ravioli mitsamt der dazugehörenden Gäste im Speisesaal, all das hatte zu warten, alle waren zum Hinterausgang der Küche gerannt, das konnte sich keiner entgehen lassen. Selbst Claude, der Souschef des Gaspar, hatte die Pfanne vom Herd genommen und einen Commis damit beauftragt, dafür zu sorgen, dass die Sauce béarnaise so lange nicht den Geist aufgab, bis er wieder zurück sei, dann lief er den anderen eilig hinterher.

Und tatsächlich. Da stand er und funkelte wie eine zischelnde Schlange, seine Hände steckten in den Taschen seiner fettigen Bomberjacke. Die Köche vom Gaspar bauten sich vor ihm auf, der Hund blickte Claude auf den Kehlkopf und schwieg.

Was es gebe, ob er noch ein paar aufs Maul wolle, ob es noch nicht gereicht habe, neulich auf der Straße, fragte Claude. Dann rief er in die Küche hinter sich, Viktor solle mal herkommen und schauen, wer hier zu Besuch sei, dann wandte er sich wieder an den Hund.

Viktor werde sich freuen, der Hund habe ihm neulich auf der Straße drei Zähne rausgetreten, und ob er hergekommen sei, um

Viktor die restlichen Zähne auch noch zu ziehen? Denn das sei eigentlich ein guter Zeitpunkt, einen Moment noch, Viktor komme gleich, es gehe gleich los.

Der Hund schüttelte den Kopf.

Nein? Weswegen war er dann hier? Habe er es sich anders überlegt? Wolle er nun doch hier anfangen zu arbeiten?

Der Hund nickte.

Dann kam Viktor aus der Küche, kaum hatte er den Hund gesehen, wollte er sich auf ihn stürzen, doch Claude hielt ihn zurück.

Viktor spuckte Gift und Galle und zeigte auf seine fehlenden Zähne, die werde er sich eines Tages wiederholen, da könne der Hund Gift drauf nehmen.

Claude schickte Viktor wieder zurück in die Küche, er regele das hier ohne ihn, dann sah er sich auf dem Hinterhof um, ob das Ganze nicht eine Falle war, es hätte ja sein können, dass jeden Augenblick die Köche des El Cion hinter den Mülltonnen hervorsprangen, den Pennern wäre das zuzutrauen, die hätten ja sonst nichts zu tun. Doch sie waren alleine auf dem Hinterhof, weit und breit war niemand zu sehen. Claude legte vorsichtig seinen Arm um den Hals des Hundes, als wollte er sein Vertrauen gewinnen, als wollte er einem Wildpferd ein Halfter anlegen und den Hund in einen Käfig locken, vorsichtig und mit sanften Worten, sodass der Hund nicht plötzlich Amok lief und jemandem die Kehle durchbiss.

Warum denn nicht gleich so, fragte Claude den Hund, warum müssten sich denn alle immer erst einmal vermöbeln, bevor sie Freunde werden könnten? Unglaublich sei das, er solle reinkommen, ob er einen Kaffee wolle. Die Türe fiel hinter dem Hund ins Schloss.

Gaspar, der Küchenchef des Restaurants, war ein kleinwüchsiger Mann mit Glatze und Brille, er wirkte eher wie ein Buchhalter auf Speed als ein renommierter Koch. Im Gegensatz zum El Cion trugen die Köche im Gaspar schwarze Uniformen, alles war japanisch angelegt, schwarz-roter Zen lag in der Luft.

Valentino raufte sich die Haare, er war in einer üblen Verfassung, seine Augen waren feuerrot, seine Nase lief, ständig schluckte er seinen nach Nagellack schmeckenden Schleim im Rachen herunter, während seine Köche hinter ihm hin und her flitzten.

Ich machte alles exakt so, wie der Hund damals in Vaslavs Imbiss, ich dachte mir, dass man dieses kleine Arrangement als Opener anbieten könnte, als eine kleine, freche Provokation, die neugierig auf die folgenden Gänge machen sollte.

Das in Belvedere getränkte Weißbrot war inzwischen auf kleiner Flamme angeröstet worden, die knusprigen dunkelbraunen Linien des Grills zogen sich quer über die Schnittfläche, frische Tomaten, präzise gewürfelt, mit Szechuanpfeffer und Aji Charapita gewürzt, lagen darüber. Auf meinem Teller räkelte sich ein edles Arrangement, als Letztes streute ich den gerösteten Tabak drüber.

Dann beugten sich alle misstrauisch über den Teller, das sei das Rezept des Hundes?

Ja, antwortete ich und erklärte, dass ich es dem Hund beigebracht hätte, es sei ein Renner gewesen, damals '91 im Aist.

Der gesamte Teller mitsamt den restlichen Bruschettastücken flog in die Ecke, die Bruchstücke des Porzellans regneten wie eine Splitterbombe auf uns hinab, Valentino spuckte die Reste aus und fistelte die Tabakkrümel aus seinem Mund.

Kevin und der Commis, dessen Namen ich mir nie merken konnte, hatten noch versucht, mir die Tür zu versperren, doch ich konnte mich losreißen, und irgendwie war ich davongekommen, bevor mir Valentino ernsthafte Schmerzen zufügen konnte. Erst ein paar Straßenzüge später hielt ich an einer Hauswand an und wartete, bis sich meine Lungen wieder beruhigt hatten.

Die Köche aus der Brigade des Gaspar begutachteten den Hund aus nächster Nähe. Auch die unteren Ränge, die Commis und Küchenhilfen, die Spüler und Abräumer, die jungen, die ihre Posten nicht so ohne Weiteres verlassen durften, warfen ständig verstohlene Blicke zu ihm hinüber. Dass er das Gaspar betreten hatte, war ein klares politisches Statement.

Was man nach der Arbeit machen würde, gehe ihn nichts an, sagte Gaspar. In seiner Freizeit könne man sich so lange die Fresse polieren, bis man aussehe wie eine Dampfnudel, das interessiere ihn überhaupt nicht, ihn interessiere nur, was auf dem Teller landen würde und über den Pass gehe, der Rest sei ihm egal.

Er ließ seine Worte im Raum stehen, der Hund bewegte sich keinen Millimeter, wortlos starrte er immer noch auf Gaspars Hals.

»Und mich interessiert«, sagte er zum Hund, »ob du es wirklich so draufhast, wie alle sagen, oder ob das alles nur wieder so ein aufgeblasener Hype von Valentino ist.«

Ich fuhr mit dem Auto durch die Stadt. Alisha war aufgebracht, weil ich sie auf ihrem Handy anrief, und sie wollte wissen, woher ich ihre Nummer hatte, als ich antwortete, von Tatjana, wurde sie sauer, und auf meine Frage, ob sie wisse, wo sich der Hund aufhalte und ob er sich bei ihr gemeldet habe, beschimpfte sie mich und Valentino, dass wir unfähig seien, ein Talent wie den Hund angemessen zu behandeln, und dass Valentino den Hund aus dem Penthouse geschmissen hatte, das sei typisch für ihn gewesen, und wir seien alle zusammen eine Horde vertrottelter Vollidioten. Dann legte sie auf.

Ich stemmte mich gegen die Türe seiner Wohnung, mit zwei Tritten war sie offen, eine Einzimmerwohnung in einem billigen Sechzigerjahreneubau, auf dem Boden lag eine alte Matratze, davor ein paar Kleider, sonst gab es keine Einrichtung, keinen Tisch, keinen Stuhl, keine Bilder an den Wänden, ich zerrte den Duschvorhang zurück, ich wollte sehen, ob sich der Hund vielleicht dahinter versteckt hatte. Panik kroch von hinten meinen Nacken empor und breitete sich unter meiner Schädeldecke aus, dann kam mir ein schrecklicher Gedanke, und ich wusste auf einmal, wo sich der Hund herumtrieb.

Wie eine reife Frucht war er ihnen in den Schoß gefallen, sie mussten sich noch nicht einmal bücken, um ihn aufzuheben, er hatte von alleine an ihre Türe geklopft. Er wurde von ihnen umringt wie ein Haufen Scheiße von einer Großfamilie Fliegen, Claude hat ihm seinen Arm umgelegt wie seinem eigenen Bruder. Gemeinsam mit ein paar Kellnerinnen verließen sie das Gaspar und machten sich auf den Weg zu einem Club oder einer Bar. Alle waren gut drauf, sie grinsten wie bescheuert und sprangen um den Hund herum wie Brautjungfern um ein frisch vermähltes Paar.

Auf der Straße roch es nach Aftershave und Lipgloss mit Kirschengeschmack, es war Wochenende, die Menschen hatten sich herausgeputzt und waren frisch lackiert, man lachte, man flirtete, man schlang das Leben, ohne zu kauen, hinunter, und man dankte dem Herrgott auf Knien dafür, dass man noch jung war. Akademikersöhne saßen breitbeinig wie die Assis auf den Motorhauben, und die Assis reichten ihre selbst gezimmerten Memes mit philosophischen Zitaten herum, später würde man noch in diesen oder jenen Club gehen, im Soundso hätten sie ja eine neue Soundanlage, die Bässe seien obszön und man kenne Steve, den Bouncer, man würde am Eingang mal checken, was geht. Ich war schon lange nicht mehr unter Zivilisten, Menschen, die noch nie in einer Restaurantküche gewesen waren, Kinder, die Horsd'oeuvre für einen Titel von Daft Punk halten würden, Ahnungslose, die im Ernst glaubten, der Döner in ihrer Hand sei etwas Essbares. Keiner von ihnen hatte eine Ahnung, was im El Cion los war, keiner von ihnen hatte den Namen Nido schon einmal gehört, Valentino hätten sie unwissend zur Seite geschoben, wenn er auf ihrem Selfie im Weg gewesen wäre. Es waren Zivilisten, Abschaum und dumm wie Brot.

Ich ließ das Seitenfenster herunter und fuhr auf Augenhöhe mit der Brigade des Gaspar, doch es war unmöglich, den Hund inmitten seiner neuen Freunde unbemerkt anzusprechen. Vor dem Club warteten sie auf irgendetwas oder irgendjemanden, ich hatte den Wagen angehalten, hinter mir hupte ein Idiot, fast wären die Jungs vom Gaspar auf mich aufmerksam geworden, ich war kurz davor, auszusteigen und den Fahrer hinter mir wegzuklatschen.

Claude wechselte ein paar Worte mit den Türstehern, dann wurde die Clique an der Schlange vorbei in den Club gelassen. Im letzten Moment, bevor auch der Hund hinter der schweren Eingangstüre verschwand, rief ich ihm zu, eine Kellnerin aus dem Gaspar hing an seiner Schulter, er drehte sich um und sah mich im Auto sitzen. Als er aus der fahlen Neonbeleuchtung vor dem Club ins Helle trat, langsam auf mich zuging und sich am Seitenfenster zu mir hinunterbeugte, sah ich sein Gesicht, es war todernst, um Jahre gealtert, wie ein schwarzer Fleck zeichnete es sich vor den funkelnden Sternen der Straßenbeleuchtung ab.

»Steig ein«, bat ich ihn.

Der Hund zog die Augenbrauen hoch und blickte mich fragend an.

»Bitte«, sagte ich, »Valentino hat mich geschickt, er hat gesagt, dass es ihm leidtut, ich soll dich zurückholen.«

Claude stand an der Türe des Clubs und wartete wie ein Lehrer auf einer Klassenfahrt, bis alle seine Schäfchen sicher und behütet in die erbärmliche Spelunke hinter ihm eingetreten waren. Als er merkte, dass der Hund nicht unter ihnen war, blickte er sich hektisch um, und dann entdeckte er ihn neben meinem Auto, und dann sah er mich, und dann pfiff er zwei Jungs aus der Brigade zu sich und kam zu uns herüber, jetzt musste alles schnell gehen, ich erinnerte den Hund an unsere Freundschaft, ich erinnerte ihn an die Rückendeckung, die ich ihm in Vaslavs Imbissbude gegeben hatte, und ich erklärte ihm, dass das Gaspar ein mieser Haufen Schleimscheißer sei, doch den Satz konnte ich nicht mehr beenden, Claude und seine zwei Jungs waren an meinen Wagen herangetreten, rechts und links strömte das nächtliche Partyvolk an ihnen vorbei, bunte Kleidchen, neonfarbene Turnschuhe, lauter Teenager, die so taten, als wäre diese Nacht etwas ganz Besonderes, als hätten sie noch nie coolere Zeiten erlebt, man trug die Haare wieder wie Marusha, die Sohlen der Turnschuhe waren dick wie in den Neunzigern, niemand ahnte, dass es hier gleich ein Blutbad geben würde.

»Wen haben wir denn hier?« Claude schob den Hund zur Seite, beugte sich hinunter und blickte in meinen Wagen, mir direkt ins Gesicht, ich antwortete nicht, er sah ja selbst, wen wir hier hatten, seinen Tritt in meine Rippen, den spürte ich immer noch jedes Mal, wenn ich mich irgendwo anlehnte, warum fragte er so behindert, wen man hier hatte, ich war's, wer denn sonst.

»Dein Kumpel gehört jetzt zu uns«, sagte Claude. »Wenn du was von ihm willst, dann musst du zuerst mit mir reden. Den Spruch kennst du ja von irgendwoher.«

Claude schaukelte sich langsam hoch, es würde nicht mehr lange dauern, bis er Blut sehen wollte, ich versuchte, schneller zu denken, direkt vor mir stand ein Lieferwagen mit heruntergelassener Laderampe, auf das Gas zu drücken und abzuhauen war keine Option, jetzt stand auch schon ein anderer Koch aus dem Gaspar neben mir an der Fahrertür.

»Ich muss mit dem Hund reden. Allein. Bitte«, sagte ich.

Claude grinste.

»Ach ja? Wirklich?« Er klopfte auf das Autodach. »Und warum soll ich dich noch mal mit einem meiner Köche reden lassen? Gibt's da was, das ich nicht hören darf?«

Er legte dem Hund die Hand auf die Schulter.

»Den Jungen hier, den stellen wir ganz vorne an den Pass. Den lassen wir kochen. Ganz vorne.«

Im El Cion hatten die letzten Stunden vor der Ankunft von Nido und seiner Meute begonnen. Lilys Augen glänzten. Sie war in Höchstform. Valentino lief wie auf Eiern durch die Reihen, mehr als einmal sackte ihm das rechte Bein weg.

Am Flughafen gingen Nido, Maria Oranco und Annemarie Reichwein durch den Zoll, draußen warteten der Tester von Tisch zwölf und seine Frau mit dem Fahrservice, kaum einer sprach ein Wort, das taten sie nie. Keiner von ihnen verstand den Sinn von Humor, Nido am allerwenigsten, es war schon seit Jahren alles gesagt worden, und lästiges Gewäsch war unerwünscht und nicht mehr zeitgemäß. Man gab wortlos zu verstehen, dass man genervt von der Reise unter minderwertigen Menschen sei, von unwertem Leben und genetischem Müll, der Flugzeugessen zu sich nehme und bei der Landung klatschen würde. Dann lotste Annemarie Reichwein Nido und Maria auf den Rücksitz, der Tester stieg mit seiner Frau in den zweiten Wagen. Annemarie Reichwein schlug die Türe hinter sich zu, und sie fuhren los, das Radio möge man bitte ausstellen, danke.

Ich stieg aus dem Wagen aus, vorsichtig, jede hektische Bewegung vermeidend ging ich zum Heck und öffnete den Kofferraum, ich kramte mein eingewickeltes Messerset hervor, ich wickelte das Tuch auseinander und zeigte Claude das Tsukasa-Messer, ich hielt es ihm als Pfand hin, er nahm es in die Hand und nickte anerkennend mit dem Kopf.

Von wem ich das geklaut hatte, wollte er wissen.

Shirogami-Stahl, zweiunddreißig Lagen, antwortete ich.

Jaja, sagte Claude, er wisse schon, was das für ein Messer sei, aber er habe gefragt, von wem ich es geklaut hätte. Schließlich kapierte er, dass ich darauf keine Antwort parat hatte, und nach einer Weile, die sich anfühlte wie eine ganze Epoche, wickelte er schließlich das Messer wieder ein. Warum er sich auf den Deal einließ, wusste ich nicht, doch schließlich drückte er Viktor wortlos das eingewickelte Messer in die Hand, stellte ihn als Aufpasser in ein paar Metern Entfernung ab, warf mir einen vielsagenden Blick zu und ließ den Hund in meinen Wagen steigen. Ich gab Viktor ein Zeichen, dass er nicht durchdrehen solle, nahm die Hände vom Lenker und hielt sie in die Luft, sodass er sie aus der Entfernung sehen konnte.

17

ES TUE IHM leid, Junge, es tue ihm aufrichtig leid, man wisse ja selbst, wie das sei, der Stress, der Druck, manchmal vergreife man sich dann im Ton, das mit dem Rausschmiss, das sei nicht so gemeint gewesen, Schwamm drüber. Dann schlug Valentino dem Hund gegen den Oberarm, als müsste sein Schultergelenk in ein Scharnier eingerenkt werden, und dann machte er eine große Geste, er wollte, dass der Hund sehe, dass er sich nicht zu schade für eine öffentliche Entschuldigung war. Die Köche der Brigade hielten ehrfurchtsvoll Abstand, schon als der Hund und ich in die Küche zurückgekehrt waren, waren sie zur Seite getreten, als wäre ihnen ein Boxer auf dem Weg in den Ring entgegengekommen. Als hätte der Hund die Köche geteilt wie Moses das Wasser.

Lily gefiel das nicht, es gefiel ihr ganz und gar nicht. Sie war davon ausgegangen, dass wir den Hund endlich los waren. Sie dachte, dass man den Abend mit Nido auch ohne ihn irgendwie um die Kurve manövrieren würde, schließlich hatte man das all die Jahre davor auch getan. Selbst wenn Nido den Laden mit einer Fischvergiftung und mit letzter Kraft auf allen vieren verlassen würde, selbst dann wäre das nicht das Ende der Welt gewesen. Valentino hätte eine harte Zeit vor sich gehabt. Er hätte mit Sicherheit schon im nächsten Jahr einen Stern abgeben müssen, man hätte die knallenden Korken aus dem Gaspar noch Wochen später durch die ganze Stadt gehört, aber eines Tages wäre es weitergegangen, und ihre Küche, ihre Familie, ihr Zuhause wäre in Sicherheit gewesen, das Virus in der Blutbahn ein für alle Mal abgetötet.

Ich hatte den Hund nicht nur das erste Mal, zusammen mit einer Tüte halb toter Singvögel, in das El Cion gebracht, sondern ich hatte ihn auch jetzt, nachdem er von Valentino eigenhändig davongejagt worden war, zurückgeschleppt. Für Lily war es unerträglich mit anzusehen, wie ihr Chef drauf und dran war, das Zepter an einen Irren abzugeben, an einen, vor dem sie Maria immer gewarnt hatte. Sie dachte, man müsse Tomaten auf den Augen haben, wenn man nicht erkannte, dass der Hund des Teufels war, und sie fragte sich, ob sie die Einzige von uns war, die dem Hund in die Augen geblickt hatte, sie hielt sich mit einer Hand an der Küchenzeile fest und ging ihm weiträumig aus dem Weg, damit die Armee hochgiftiger Flöhe auf seinem Pelz nicht auf sie überspringen konnte.

Im Hintergrund tobte die Meute wie eine pfeifende Turbine. Nido würde bald hier sein. Das Briefing war längst vorbei. Das El Cion hatte die Anker für die letzte Schlacht gelichtet, das Servicepersonal hatte sämtliche Gäste rausgeschmissen, die Tische waren abgeräumt, die letzten Rechnungen waren aufs Haus gegangen.

Er könne alles kochen, alles, was er wolle, sagte Valentino und schnappte nach Luft.

Der Hund gab keinen Ton von sich. Er schien die Bedeutung des Besuchs von Nido nicht nachvollziehen zu können, er versuchte, sich einen Reim darauf zu machen, warum man ihn an einem Tag mit Schimpf und Schande aus der Küche warf und an einem anderen Tag auf den Knien vor ihm rutschte, als wäre er der Messias, und er rätselte, warum dieser Mann, den sie Valentino nannten, so nervös und verzweifelt war. Die Sekunden verstrichen zähflüssiger als Honig. Seine Blicke wanderten durch die Küche und suchten jeden Winkel nach einer Falle ab.

Bisher war keinem aufgefallen, dass der Hund noch nie eine eigene Idee für ein Gericht gehabt hatte. Er war nie mit einer eigenen Vision in die Küche gekommen. Wenn er etwas kochte, dann mischte er lediglich zusammen, was er in seiner Umgebung fand. Aus den paar erbärmlichen Beilagen in Vaslavs Imbiss und einer halb leeren Packung Zigaretten braute er das Einzige zusammen, was seiner Meinung nach Sinn ergab, die Zutaten für Alishas Salat hatte ihm Valentino persönlich diktiert, und der Heilbutt für den Tester an Tisch zwölf war im Grunde nur ein herrenloses Stück Fisch gewesen, die Gewürze konnte man an drei Fingern abzählen und lagen am Wegesrand. Jetzt bot ihm Valentino sein komplettes Waffenarsenal an Gewürzen, Zutaten, Beilagen, das erlesenste Fleisch, Fisch und Geflügel, seine komplette Küche und den Kühlraum an. In der Wüste hätte man den Hund genauso gut fragen können, welches sein Lieblingssandkorn sei.

Dann klingelte das Telefon, Lily hob ab, es war Annemarie Reichwein, die Assistentin von Nido, sie waren bereits im Hotel, in zwei Stunden würden sie im El Cion sein, und dann überschlugen sich die Ereignisse, der Rest versank in einer Suppe aus Gebrüll und Verzweiflung und Größenwahn und Angst. Valentino klatschte in die Hände und brüllte. Lily prügelte auf die Commis ein, dass es einem himmelangst werden konnte, und den Hund ließ sie keine Sekunde aus den Augen. Said und Kevin rannten um ihr Leben und bauten die Mise en place rings um den Hund herum auf. Die süßen Zutaten und Gewürze wurden links angeordnet, die salzigen rechts und alles Scharfe direkt an der Stirnseite des Arbeitsplatzes.

Valentino hatte sich entschieden, mit einer nordischen Eröffnung zu beginnen, kandierte Kleeblätter und Birkensamen auf kaltem Apfelweinschaum. Die erste Nummer war bewusst leichtfüßig gehalten. Erst im zweiten Gang wollte er sich als Zeichen des Respekts vor dem französischen Gaumen verneigen, vor der arabischen Küche, den algerischen Einschlägen und der mediterranen Sonne. Seine Huldigung sollte als demütige Unterwerfung, aber gleichzeitig auch als Provokation, als neckischer Tritt in die Eier verstanden werden. Valentino setzte alles auf eine Karte, er ging davon aus, dass das Gericht vom Hund einem gewaltigen, monumentalen Akkord, einem wuchtigen Schlag gegen das Zahnfleisch gleichkommen werde, und trotzdem musste er damit rechnen, dass die Menge des Essens, das der Hund auf die Teller bringen würde, kleiner ausfallen könnte, als es ihm lieb war, deshalb wollte er die Gäste satt kriegen, bevor er den letzten Gang, die Kreation des Hundes, aufs Feld ließ.

Ich wusste nicht, ob es die endlosen Nächte ohne Schlaf waren, das allgegenwärtige Gift, die scharfen, hochprozentigen Getränke, aber ich merkte, dass mein Körper aufgab. Vielleicht war es auch der Aufprall. Als vorhin der Lkw vor mir die Laderampe hochgefahren hatte und ich aufs Gas drückte, war mir Viktor wie ein Idiot in den Wagen gesprungen, und ich war nicht angeschnallt gewesen.

Ich weiß noch, wie die Neonlampen surrten, laut und klar, und ich weiß noch, wie die Gasflammen hochfrequent zischten, und ich weiß noch, wie mir schwindelig wurde, alles, was danach passierte, erlebte ich nicht mehr am eigenen Leib, es war, als hätte man es mir halblaut zugeraunt, so als wäre alles nur ein Gerücht, das nichts mehr mit mir persönlich zu tun hatte, ein Gerücht, das ich nur vom Hörensagen kannte.

Ich erinnere mich dunkel an endlose Diskussionen, was der Hund denn nun kochen wolle. Reglos stand er da und wartete ab und gab, wie immer, keinen Ton von sich, und als er dann endlich sprach, verstand keiner, was er sagte, mit mir als Dolmetscher war nicht mehr zu rechnen, einzelne Wortfetzen flogen rechts und links an mir vorbei, und schließlich wurde den Köchen im El Cion klar, was der Hund wollte: Es waren die goldenen Kröten, die es ihm angetan hatten.

Seit der Nacht, in der wir die Nummer mit den Vögeln durchgezogen hatten, müssen ihm diese Kreaturen wie eine fixe Idee im Kopf herumgeschwirrt sein. Keiner hatte ihm zugehört, als er immer und immer wieder erzählt hatte, dass er sie fangen und kochen wolle, jetzt hatte er die Zügel in der Hand, er schien nicht in die Gänge kommen zu wollen, bevor man nicht zumindest eine dieser Bestien aus dem Aquarium in die Küche holte.

Ob das alles nur ein Traum war oder ob ich in dieser Nacht wirklich wieder bei meiner Cousine am Zoll anklopfte und mit ansehen musste, wie im ohrenbetäubenden Geheul der Alarmsirene die Glasscheibe im Aquarium zu Bruch ging und uns das Wasser die Füße wegriss und sich ein Geschrei wie im Urwald ausbreitete, ob das nur ein fiebriger Traum war, das weiß ich nicht mehr, meine nassen Hosenbeine und die Glassplitter in meinen Socken könnten genauso gut von Angstschweiß und zerbrochenem Küchengeschirr stammen.

Ganz deutlich aber sah ich Lily vor mir und wie sich ein Strom stummer Gebete auf ihren Lippen überschlug, und ich hörte das Telefon klingeln und Annemarie Reichwein sagen, dass sie jetzt im Taxi sitzen würden, und ich sah ganz deutlich, dass in diesem Moment Panik wie in einem Hühnerstall ausbrach, das Soufflé stürzte, das Sesamöl zog viel zu früh an, der Weinschaum klebte, die Vordertür wurde aufgeschlossen, und dann schwebte Nido mit seiner Frau und Muse Maria Oranco und ein paar weiteren Hofschranzen in das El Cion.

Nido hatte Augen, die aussahen, als hätten sie keine Lider, seine

Gesichtszüge waren edel, seine Haut war nackt und glatt und glänzend wie die einer Eidechse, und auch Maria Oranco wirkte wie eine lautlose Cobra, die beiden hatten die Aura von Menschen, die nicht mehr wirklich agierten, sondern nur noch Dinge in ihrem Sinne um sich herum geschehen ließen. Ohne zu blinzeln, schlängelten sie sich über den Boden, und Nido machte keinen Hehl daraus, dass er keine besonders hohen Erwartungen an diesen Abend hatte.

Valentino gab ein erbärmliches Bild ab. Mit krummem Rücken führte er die kleine Gruppe zu ihrem Tisch. Niemals zuvor hatte ihn einer von uns schmeichelnder und unterwürfiger gesehen als in jener Nacht, es war kaum zu ertragen.

Und dann kamen Alisha und Tatjana in die Arena gestürmt, sie waren aufgedonnert und nervös, Alishas Make-up war derart brutal, dass man hätte meinen können, sie würde heute Nacht noch auf die Bühne gehen.

Man setzte sich. Man räusperte sich. Man rückte mit dem Stuhl mal hierhin, mal dorthin. Man blickte in die Runde. Die Ohrfeige, dass Nido Valentino all die Jahre so eisern und hartnäckig ignoriert hatte, stand sperrig im Raum. Man schob die Gläser millimeterweise nach vorne und auch zurück.

Valentinos Platz war leer.

»Mouton Rothschild. '45«, sagte er, goss ein und erhob stehend sein Glas. Nido und der Rest taten es ihm gleich, dann stießen sie an. Kling! Viel wurde nicht gesprochen, im Grunde wurde gar nichts gesprochen. Kein Wort.

Auch in der Küche war es gespenstisch still. Wie Geister huschten die Köche auf und ab.

Romanov fragte mich, ob alles okay mit mir sei, und schob mir einen Wodka hin, damit ich diese Nacht noch durchhielt.

Als der erste Gang die Küche verließ, rannte Valentino neben den Tellern her und zupfte noch an den Birkenblättern herum, als sie den Pass längst überquert hatten.

Um nicht das Gleichgewicht zu verlieren, hielt ich mich an meiner Arbeit fest. Ich stand am Posten des Entremetier und zerhackte die Gewürze, als wäre der Teufel hinter mir her. Ich versuchte, mich auf meine Atmung zu konzentrieren. Dann merkte ich, wie Romanovs Wodka und was immer er in das Glas hineingeschüttet hatte, durch meine Blutbahn pflügten und eine üble Schneise hinterließen, und dann sackte mir der Kreislauf endgültig weg.

Lautlos schlich draußen vor den Fenstern das Leben der ahnungslosen und unschuldigen Menschen dahin. Die ersten Laternen auf dem Boulevard brannten lichterloh. Autos fuhren still und heimlich auf und ab, und Menschen schritten hin und her, niemand wusste, was sich heute Nacht hier bei uns in diesem Restaurant abspielte.

Als sich die Welt vor meinen Augen wie ein Puzzle wieder zusammensetzte, sah ich, dass der Hund eine weiße Schüssel auf den Herd gestellt hatte. Das Feuer unter dem Porzellan brüllte, und der Hund rührte und stocherte im heißer werdenden Wasser herum. Kevin, Said, Romanov und ein paar andere Köche standen um ihn herum, in sicherem Abstand, sie starrten ihn und die Schüssel an, es sah so aus, als warteten sie, ob gleich etwas heraussprang, eine Tischrakete oder eine Knallerbse oder etwas Lebendes. Ich konnte nicht sehen, was der Hund trieb und was sich im Wasser versteckte, meine Sicht war trüb, meine Zunge pelzig.

Der Hund rührte und rührte, und dünner weißer Dampf stieg auf und verfing sich in seinen Haaren, er schloss die Augen und sog die Feuchtigkeit in seine Lungen, keiner wagte, sich zu bewegen, und Lily schien ihre Panik kaum mehr unter Kontrolle halten zu können.

Der Hund hatte sein Ziel erreicht, schweigend und hartnäckig.

Die höchste Instanz der internationalen Kochszene war wegen ihm angereist und saß nur noch wenige Meter weit entfernt im Speisesaal, auf der anderen Seite des Passes, und wartete auf sein Werk.

Und der Hund kochte Wasser.

Blankes, pures, klares, durchsichtiges Wasser.

Er hatte Leitungswasser in eine Schüssel, die er mit trockenem Papier ausgewischt hatte, gegossen. Nicht einmal der Hauch eines fremden Geschmacks hatte sich am glatten Porzellan festkrallen können. Und dann hatte er darauf bestanden, dass man ihm einen jungfräulichen Holzlöffel zum Rühren gab.

Und jetzt kochte er Wasser.

Seine Kunst hatte sich inzwischen so weit reduziert und zu einem Konzentrat destilliert, dass er nicht einmal mehr Gewürze zum Kochen verwendete. Salz, Pfeffer, Schalotten, Safran oder Paprika, Kardamom, Minze und Salbei, nichts von all dem edlen Zeug, das neben ihm aufgereiht war, hatte er ein einziges Mal angefasst. Er kochte Wasser, und er kochte es mit einer Hingabe und Präzision, als wollte er einen speziellen Augenblick abwarten, einen Moment, den exakten Bruchteil einer Sekunde, kurz bevor das Wasser anbrannte.

Alles, was bisher geschehen war, seine Flucht aus dem Kellerloch, seine Reise in die Stadt, seine ersten Schritte im Imbiss, die ersten Kompositionen und der Weg ins El Cion, alles hatte zu diesem einen Moment geführt, an dem er uns die Fetzen von den Leibern riss und uns in des Kaisers neuen Kleidern nackt auf die Straße jagte. Jetzt war es zu spät, jetzt wagte keiner mehr, den Finger zu heben, seine Kunst zu hinterfragen und anzumerken, dass das doch nur Wasser sei. Nur Wasser.

Das Einzige, was uns erlaubt war, waren unsichere Blicke, man ahnte, dass das Ende nahe war und dass die Vollendung des letzten Werkes vom Hund unmittelbar bevorstand. Man fragte sich, wie man es anstellen könnte, einen Tropfen seines Wasser zu kosten. Man rückte näher, um wenigstens etwas vom Dampf einzuatmen.

Der Hund war ein Schalk, einer, der uns die Flügel ausriss als wären wir Fliegen, nur um zu sehen, wie wir kopflos durcheinanderpurzelten. Nichts, was er tat, ergab einen Sinn. Es schien ihn nicht einmal zu belustigen, dass wir wegen seinem Essen den Verstand verloren hatten.

Was er tat, war kostbar.

Was er kochte, war heilig.

Damals, als ich das erste Mal sein Genie zu spüren bekam, damals, in Vaslavs Imbiss, als sich die gerösteten Tabakkrümel in meinem Mund auflösten, war etwas auf mich aufmerksam geworden. Bis zu diesem Zeitpunkt war ich unbeobachtet, anonym und einer von vielen gewesen, doch in diesem Moment hatte sich etwas nach mir umgedreht und mich verwundert angeschaut. Ich stand hinter einem Wandvorsprung, und ich war ganz in Weiß gekleidet, alles war dunkel, nur ein kleines, warmes Licht zuckte nervös im Raum und flackerte auf meinem Gesicht. Am Tisch saßen Menschen, ihre Gesichter starr und mächtig wie die von Reptilien. Die Augen kalt und die breiten, lippenlosen Münder zu einem unmenschlichen Lächeln eingefroren. Eine Erzkannibalenbrut, die wie kalte Götter über das Essen herfiel, schweigend und äsend, bis einer von ihnen meiner Gegenwart gewahr wurde. Er drehte sich um und blickte mich an, und die anderen taten es ihm gleich. Ich wusste, dass sie schon seit Ewigkeiten dort am Tisch saßen und es immer tun würden. Sie starrten zu mir, zu dem Störenfried, der es wagte, sie bei ihrer Speisung zu stören. Sie fixierten mich wie Tiere, die Witterung aufgenommen hatten. Die Hälse gereckt. Ich und alle anderen waren nur dazu da, sie zu nähren, Opfergaben zu köcheln, zu braten und zu backen und den Heiligen zu servieren. So war es, und so würde es immer sein. Die Gesellschaft, umringt von weißen Schatten, einer der Schatten war ich.

Für den Hund waren die Menschen oberhalb der Luke überlebensgroße, unsichtbare Wesen, die ihn fütterten und speisten. Sie bewegten sich in einer fremden Dimension und waren fähig, Dinge zu tun, die ihm nie zustehen würden. Erst als einer von ihnen vergessen hatte, die Luke wieder zu verschließen, und als der Hund schließlich nach draußen sprang, sah er sie zum ersten Mal mit eigenen Augen, bis dahin hatte er ihre Existenz nur geahnt. Jetzt erkannte er ihre aufgedunsenen Gesichter, ihre von durchfeierten Nächten roten Augen, halb offen und zugedröhnt, andere lagen auf dem Boden.

Mit einem Satz sprang der Hund aus dem heißen Loch wie eine Kröte und rannte und rannte und rannte, er sah, dass er nackt war und dass er nie wieder zurückkehren konnte in das beklemmende Paradies, den wärmenden Mutterbauch unter der Erde, wo ihm das Essen täglich durch die Luke geschoben wurde. Einfache Kost, lieblos zusammengeklatschte Essensreste. Meistens Brot. Bohnen. Kartoffeln. Manchmal Fleischreste vom Huhn.

Nido saß im Speisesaal und schwieg und aß und goutierte und nickte und wartete auf das Finale. Das Finale komme jetzt. Jetzt sei es so weit, sagte Valentino. Jetzt komme das Finale.

Dann wurde die Beleuchtung ausgeschaltet. Man konnte nur noch die schwarzen Umrisse der Menschen am Tisch erahnen. Nido ließ eine Kerze am Tisch anzünden. Nervöses Licht fiel zuckend auf die bleichen Gesichter. Valentino war schon immer ein Mann der Show gewesen. Dafür war er bekannt. Dafür wurde er geliebt.

Als das schillernde Wasser in der Porzellanschüssel auf einem Servierwagen in den Speisesaal geschoben wurde, schimmerte die

Oberfläche in allen Farben des Regenbogens, wie Benzin auf dem Asphalt, doch es könnten auch die Reflexionen unserer Wahnvorstellungen gewesen sein.

Valentino stand auf und ging den Kellnerinnen entgegen, er nahm ihnen die heiße Schüssel ab und stellte sie in die Mitte vor Alisha, Nido, Maria Oranco und deren stumme Speichellecker.

Man beugte sich darüber und sah hinein.

Valentino stand neben seinem eigenen, leeren Platz.

Man wolle die Geschichte dieses silbrigen Wassers hören, waren es einzeln gesammelte Tautropfen aus dem Garten der Lüste, das Tafelwasser von geborgenen Beständen der Titanic oder geschöpft aus dem Brunnen der geheimsten Winkel des Vatikans? Und woher kam der silberne Glanz, die schillernde, wie Perlmutt glänzende hauchdünne Haut auf der Wasseroberfläche, und da unten, am Grund des Wassers, da würde sich doch was bewegen? Selbst Nido konnte seinen Gleichmut nicht mehr länger aufrechterhalten, seine Neugier quoll durch sämtlich Ritzen. Man blickte auf die Lippen von Valentino, doch Valentino schwieg.

Er starrte auf die Wasseroberfläche und schwieg.

Dann setzte er sich.

Mitten zwischen seine eigenen Gäste.

Er war am Ende seiner Reise angekommen, es gab nichts mehr, was er vermisste, er war müde, aufgeregt und erlöst.

Nach einer Ewigkeit tauchte er seinen Löffel ein. Schließlich taten es ihm die anderen gleich, und der Geschmack traf sie ins Mark.

»Außergewöhnlich« war Valentinos letztes Wort.

Nido hielt den Atem an.

Und nickte.

Ja. Es war außergewöhnlich.

Das heiße Wasser schmeckte, als hätte jemand Gnade mit ihnen gehabt und ihren Leiden für immer ein Ende gesetzt.

Nido verzog seinen lippenlosen Mund zu einem Lächeln. Die Flüssigkeit verdampfte auf seiner fiebrigen Seele.

Im Speisesaal tobte die Nacht, und mir war kalt. Ich wagte mich vor bis zum Pass. Ich spähte in den Saal. Versteckt hinter dem Wandvorsprung. Alisha drehte den Kopf, schaute zu mir herüber und sah mich an, sie stand auf der anderen Straßenseite und blickte zu mir in der Imbissbude, jemand hatte ihren Namen gerufen.

Bei jedem Tropfen, der auf den Zungen der Gäste verdampfte, drang mehr Licht durch die Schlitze in der Luke über ihnen. Mit jedem Tropfen sahen sie klarer und deutlicher, sie erkannten sich selbst, und was sie sahen, war nicht schön. Ihre Nacktheit, ihre Wirbel, die am Rückgrat echsengleich herausstachen, die zu Fratzen eingefrorenen Gesichter, dauerhaft verklebt von starrem Grinsen. Sie waren ein Rudel Blut leckender Hyänen, starrend in die panischen Augen von Schweinen, deren Hinterbeine wegbrachen, sie stopften ihre Kadaver in sich hinein, sie ritten auf wahnsinnigen Rindern, bleichen Hennen und zerbrochenen Lämmern.

Dann platzten die Augen der Gesellschaft wie Seifenblasen, die wärmende, schützende Decke der Blindheit war weggerissen worden, sosehr sie den Hund dafür liebten, so sehr hassten sie ihn auch dafür, Lily so sehr, dass sie nicht mehr wusste, was sie tat. Sie hatte sich schließlich ihrer Angst und ihrem Hass hingegeben, mit einer gusseisernen Pfanne schlug sie auf den Hund ein wie auf ein Monster, wenn sie es nicht getan hätte, wäre der Hund über uns gekommen wie das Jüngste Gericht, sagte sie sich. Es dauerte eine Weile, das Leben wollte nicht aus ihm weichen, seine Beine zitterten wie ein zerdrücktes Insekt, es waren die Nerven, sein Geist musste den Körper schon längst verlassen haben. Es waren nur noch die Nerven.

Alisha blickte nach oben ins Helle, sie hatte schon einmal hier an diesem Tisch gesessen und das Rampenlicht durch einen offenen Spalt auf sich niederscheinen lassen.

Dann sprang Es aus dem kochenden Wasser. Mit einem Satz sprang Es hinaus ins Freie.

Tagelang waren das Geschrei und der Streit durch die Spalten gedrungen. Dann war es still geworden. Er war jung, keine zwölf Jahre alt, mit krummem Rücken und eingezogenem Kopf stahl er sich davon, die Männer und Frauen lagen vornübergeneigt, die Köpfe auf der Tischplatte und auf dem Boden, ihre Gesichter waren rot und aufgedunsen. Schweißnasse, mit Nikotin vollgesogene Haare verklebten die Stirnen. Sie lagen schon seit Tagen so, auf dem Tisch schimmerte eine große Pfütze wie der Amazonas im Abendlicht, voller Malaria und dunkler Träume hatte sich das Wasser ausgebreitet, die südlichen Ausläufer waren tief ins Landesinnere vorgedrungen. Von Wodka durchtränkte Brotkrumen und angebrannter Tabak waren an den Ufern angeschwemmt worden. Keiner von ihnen bemerkte, wie der Hund aus dem Loch kletterte, die Luke hinter ihm klaffte einsam und verlassen, der Geschmack von Freiheit und stürmischem Wind lag auf seinen Zähnen.

Alisha war die ganze Zeit über schon nicht wohl bei der Sache gewesen. So wie Valentino heute Abend drauf war, so hatte sie ihn schon lange nicht mehr erlebt. Schon als sie sich für den Abend herrichtete, Stunden bevor sie sich mit Tatjana treffen und ins El Cion gehen wollte, hatte sie ein ungutes Gefühl gehabt. Als sie den Löffel in das schillernde Wasser tauchte und an ihre Lippen führte, blickte Valentino sie an, als ob er sie zum ersten Mal sehen würde, er lächelte sanft, strich ihr in Gedanken über das Haar und dachte daran, wie schnell die Jahre dahingerast waren.

Wenige Minuten später, als sich die Meute am Tisch die Köpfe wegen der letzten Tropfen einschlug, als wäre der Fieberwahn bereits bis in ihre Haarspitzen vorgedrungen, als würde jeder Anspruch auf die letzten Tropfen Penicillin erheben, als man kratzte, zerrte und biss, da war Alisha aufgestanden und in die Küche gegangen, sie hatte den Hund bei der Hand genommen, draußen vor der Türe stand ihr Wagen.

Sollten Valentino und seine Gäste doch übereinander herfallen wie ein Rudel Kannibalen, sie hatte zwei Tickets, eins für den Hund und eins für sich, in wenigen Stunden wären sie außer Landes, niemand kannte ihr Ziel, bald hätten sie alles hinter sich gelassen, all das Geschrei und die Diskussionen über das richtige Porzellan und das richtige Kristall, das richtige Make-up zur richtigen Zeit, all das würde bald hinter ihnen liegen.

Es hatte ein paar lange Jahre gedauert, dann hatte es sich herumgesprochen, dort, an den Berghängen der Armenviertel, dort sei ein kleiner Gasthof, man würde jemanden kennen, der wisse wo genau, dort gebe es einen Mann, der habe merkwürdige Augen, und er würde kochen, dass es einem das Herz zerreiße, und seine Frau würde die Tische mit karierten Tischdecken decken und würde aufpassen, dass jeder Mensch nur ein einziges Mal sein Essen kostete, es sei gefährlich, sagte sie, die Menschen würden sich selbst erkennen in ihrer Schönheit und ihrer Hässlichkeit, in ihrer Verzweiflung und ihrer Sehnsucht, und es würde süchtig machen, sie habe Menschen erlebt, die hätten an seinem Essen gehangen wie andere an der Nadel.

Als Valentino merkte, dass sich Alisha und der Hund noch in der gleichen Nacht aus dem Staub gemacht hatten, dachte er, er müsse sterben.

Er wusste es die ganze Zeit über, und nur mit größter Anstrengung hatte er die Gewissheit unterdrücken können, dass sich die beiden liebten. Schwerfällig rannte er ihnen hinterher und irrte wie ein Eremit mit wirrem Blick durch das Land, er wusste, dass ihm nicht mehr viel Zeit bleiben würde, und erst viele Jahre später, irgendwo im Süden, fand er jemanden, der seine Alisha und den Hund gesehen hatte, es hieß, dass sie an seiner Seite gealtert und schließlich in seinen Armen gestorben sei, dass der junge Mann weitergezogen sei und nun an fernen Orten kochen würde, ob das stimme, wisse man nicht, denn er sei an vielen Orten zur gleichen Zeit aufgetaucht, vielleicht wäre das alles aber auch nur ein Gerücht, eine verschrobene Geschichte aus einem überhitzten Geist, eine Illusion, eine Besessenheit, die von Person zu Person wanderte, von Koch zu Koch, und niemals zur Ruhe kam, so wie es Sergej erzählte. Steif und fest behauptete er, dass der Hund niemals das El Cion betreten hätte, er behauptete, ihm nie begegnet zu sein, doch ich sehe ihn noch genau vor mir.

Er lag auf dem weiß gekachelten Boden, seine Arme und sein Hals waren grotesk verrenkt, und was von seinem Gesicht übrig war, grinste uns an und verhöhnte Lily, die steif vor Schreck auf ihr grausames Werk blickte, die restlichen Köche in der Küche, Nido und seine Meute im Speisesaal, Alisha, die Mädchen vom Service, uns alle. Ich wankte zum Herd, beugte mich hinunter, langsam, dort, wo er gekocht hatte, ich schleckte die Wasserspritzer vom Edelstahl und schloss die Augen, und als sich der Geschmack des kalten Schweißes der heiligen Junfgrau Maria, das letzte Zeugnis seines göttlichen Talents, auf meiner Zunge auflöste, sah ich ihn zum letzten Mal.

Seine Hände steckten in seiner fettigen Bomberjacke, sein Blick war auf meinen Kehlkopf gerichtet. Die Kloake von Menschen schoss rechts und links an ihm vorbei, als er vor der Imbissbude stand.

Ich war der Erste, der von seinem Essen kostete. Und ich war der Letzte.

Viele Jahre später, als der Himmel an diesem Morgen aufflockte wie Milch und Zitrone, als Alisha alt war und der Hund schon nicht mehr da war, schloss Lily den Pass, den Durchgang zum Speisesaal, dort, wo sich die hohe Gesellschaft zum heiligen Dinner getroffen hatte.

© Lula Bornhak

AKIZ, geboren 1969, lebt als Regisseur und Drehbuchautor in Berlin und Los Angeles. Bekannt wurde er durch Filme wie *Der Nachtmahr* und *Das wilde Leben*. Einer seiner Freunde jobbte in den Neunzigerjahren in einem Edelrestaurant in Los Angeles. Dort am Pass, wo das Essen aus der Küche an die Kellner überreicht wird, kam Akiz die Idee zu seinem ersten Roman.